KB077877

나를 도발한다

○

추천의 글

그는 때론 어둡고, 때론 환하고 격정적이다. 그 이유가 유년 시절의 아픔에서 비롯되었음을 그의 글을 통해서 느낄 수 있었다. 그럼에도 그는 그 아픔들을 능히 이겨내고 가수로서 성공하였다. 데뷔 25주년이 된 지금까지도 그가 많은 사랑을 받는 이유는, 가수로서뿐만 아니라 한 인간으로서도 뜨겁게 살아오고 있기 때문이라는 생각이 든다. 그가 왜 어려운 이들을 위해서 그토록 많은 기부를 했는지, 또 공황장애를 겪을 수밖에 없었는지 그 이유를 알겠다. 내가 글을 쓰기 위해 감옥을 만들어 나를 가두었던 것처럼, 어쩌면 그도 힘든 길을 가기 위해 스스로 감옥을 만들고 자기 자신을 몰아붙였는지도 모르겠다. 이제 그 감옥에서 빠져나와 분노가 아닌 따뜻한 사랑으로 이 세상을 향해 노래하고 소리쳤으면 좋겠다.

/ 작가 이외수

김장훈은 가수다. 가수 이전에 참 넉넉한 남자다. 그것도 '얼토당토않은' 일을 태연히 하는 남자다. 내가 얼토당토않다고 하는 건 그가 빚까지 지면서 하는 독도 사랑 때문만이 아니다. 그는 이웃을 사랑하고 어두운 곳에 불을 밝히고 싶어 하는 남자다. 그 일들은 대개 다른 사람이 하고 싶어도 해내지 못하는 일들이다. 그리고 그걸 내세우지도 않는다. 나는 그게 늘 고맙다. 솔직히 '아주아주' 미안하기도 하다. 그에게서 직접 들은 것이지만 그는 어릴 때부터 반항아였다. 그런 반항아 기질이 그의 노래에도 배어 있는데, 멋지게도 그는 그의 미덕으로 승화시켰다. 말하자면 그의 성공 스토리 자체가 신화 같다. 그가 진솔하게 스스로의 인생을 고백한 책은 그래서 감동을 준다. 멋지다. 따뜻한 남자. 김장훈!

/ 시인, 변호사 전원책

누구나 드라마 같은 삶을 살지만 김장훈처럼 극적인 인생도 드물지 싶다. 그의 글은 에세이라기보다 소설에 가까웠다. 그만큼 극적이었다. 글을 읽는 내내 그의 인생에 서린 눈물과 환희에 공감했다. 감동도 있고 재미도 있었지만 한편으로 그 자신에게는 참 가시밭길 같은 삶이지 않았을까 싶어 연민도 들었다. 가슴으로 부르는 그의 노래가 감동을 안겨주듯, 진솔한 그의 글도 많은 이들에게 울림을 전해줄 것이다. 그의 드라마와 음악이 어우러진, 한 편의 뮤지컬 같은 책이다.

/ 배우 김수로

나를 도발한다

2016년 12월 26일 초판 1쇄 발행

지은이 · 김장훈

펴낸이 · 김상현, 최세현
편집인 · 정법안
책임편집 · 손현미, 김유경 | 교정 · 박선미 | 디자인 · 박소희

마케팅 · 권금숙, 김명래, 양봉호, 최의범, 임지윤, 조히라
경영지원 · 김현우, 강신우 | 해외기획 · 우정민
펴낸곳 · (주)쌤앤파커스 | 출판신고 · 2006년 9월 25일 제406-2012-000063호
주소 · 경기도 파주시 회동길 174 파주출판도시
전화 · 031-960-4800 | 팩스 · 031-960-4806 | 이메일 · info@smpk.kr

ⓒ 김장훈(저작권자와 맺은 특약에 따라 검인을 생략합니다)
ISBN 978-89-6570-393-8 (03810)

쌤앤파커스(Sam&Parkers)는 독자 여러분의 책에 관한 아이디어와 원고 투고를 설레는 마음으로 기다리고 있습니다. 책으로 엮기를 원하는 아이디어가 있으신 분은 이메일 book@smpk.kr로 간단한 개요와 취지, 연락처 등을 보내주세요. 머뭇거리지 말고 문을 두드리세요. 길이 열립니다.

나를 도발한다

김장훈 지음

쌤앤파커스

나도 안다, 행복한 자만이
사랑받고 있음을, 그의 음성은
듣기 좋고, 그의 얼굴은 잘생겼다.

마당의 구부러진 나무가
토질 나쁜 땅을 가리키고 있다. 그러나
지나가는 사람들은 으레 나무를
못생겼다 욕한다.

해협의 산뜻한 보트와 즐거운 돛단배들이
내게는 보이지 않는다. 내게는 무엇보다도
어부들의 찢어진 어망이 눈에 띌 뿐이다.
왜 나는 자꾸
40대의 소작인 처가 허리를 구부리고
걸어가는 것만 이야기하는가?
처녀들의 젖가슴은
예나 이제나 따스한데.

나의 시에 운을 맞춘다면 그것은
내게 거의 오만처럼 생각된다.

꽃피는 사과나무에 대한 감동과
엉터리 화가에 대한 경악이
나의 가슴속에서 다투고 있다.

그러나 바로 두 번째 것이
나로 하여금 시를 쓰게 한다.

—베르톨트 브레히트, 〈서정시를 쓰기 힘든 시대〉

나는
나를 도발한다

현실에 발을 딛고 살려면 적당히 눈감고 타협해야 한다는 것을 나는 진즉에 알아차렸다. 하지만 나는 세상과 타협을 거부했고, 타협할 수도 없었다. 그 이유는 너무나 많아서 차라리 나의 유전자로 대변함이 가장 쉬울 듯하다. 나의 유전자는 무기력함보다는 차라리 불편함을 감내하고 언제나 떨쳐 일어섬을 택했다. 그 뒤에 무엇이 오든….

아이들이 죽고 부모들이 운다. 노인들은 폐지를 줍고 한겨울 얼음장 같은 방에서 신음한다. 활짝 피어야 할 아이들은 아침부터 밤까지 참고서에 얼굴을 묻는다…. 열심히 일하고 공부한 만큼 행복해야 하는데 지금 대한민국은 행복하지도, 안녕하지도 못하다. 포기가 트렌드가 될 정도로 우리는 바닥을 살아가고 있다.

가장 무력한 순간은 '인간은 무력한 존재'라는 명제 뒤에 숨어, 부조리한 세상에 대한 분노를 분노로만 그칠 때인 것 같다. 익숙하다는 이유로 부조리에 안주하는 것이 아니라 과감히 깨트려버릴 수 있도록 용기를 내고 싶었다. 그런 용기를 나는 '도발'이라고 부른다. 나에 대한 도발! 도발을 해서라도 내 안에 무언가를 일으키고, 그 힘으로 살고 싶었다. 부조리한 세상에서 인간의 도리를 되찾아가는 길. 그것이 나의 길이고, 세상 사람들과 같이 걷고 싶은 길이다.

오늘도 나는 벼랑 끝에 걸쳐진 외줄 위에 올라선다. 이상과 현실, 사랑과 미움, 분노와 포용, 무대와 무대 밖 세상 사이에서. 언제 떨어질지 모르는 위태로운 외줄 위에서 난 더 정신을 바짝 차려야 한다. 가슴은 뜨겁게 머리는 차갑게. 그것이 나에 대한 도발이며, 바로 지금을 사는 법이다.

내게 벼랑 끝은 생의 한가운데이다.

사람들이 종종 묻는다.

"김장훈 씨는 언더그라운드에서

오버그라운드로 성공한 대표적인 가수잖아요.

과거와 현재를 비교한다면 어떻게 얘기할 수 있을까요?"

"과거는 다 아름답다고 하죠.

그런데 생각해보니 행복하고 아름다운 건 그때였고,

좋은 건 지금입니다."

1
/
고독한 어린이

아무렇지 않은 척
살았을 뿐

/

나는 아버지가 없다. 태어날 때부터 없었다. 그저 새하얀 모시 저고리를 입고 이제 막 바둑판에 한 수를 놓으려는 아버지가 사진첩에 꽂혀 있을 뿐이었다.

평범한 일이 아님은 어린 나이에도 알았으나 그 누구에게도 한 번도 물어보지 않았다, 왜 난 아버지가 없는지…. 딱히 얘기를 안 해주는 걸 보면 엄마로서도 말 못할 사연이 있나 보다. 그런 생각으로 아무렇지도 않게 살았다. 가끔씩 누군가 물어본다.

"아버지가 없는데 궁금해하거나 그리워하지도 않고 아무렇지도 않은 걸 보면 형에겐 아주 따뜻한 심장, 아주 차가운 심장이 함께 있는 듯

해요."

"그러게… 좀 그렇지…."

나는 그냥 웃어버린다.

아버지가 없는데 궁금하지 않을 사람이 어딨겠는가. 나는 다만 아무렇지 않은 척 살아왔을 뿐이다. 그냥 엄마 대(代)에 일어난 일을 존중해주고 싶었고, 그 얘기를 하면서 다시 상처받는 엄마를 보고 싶지 않았을 뿐이다.

아버지의 빈자리는 내게서 엄마를 빼앗아갔다. 그건 좀 불편하고 힘들었다. 자식들을 부양해야 했던 엄마는 뭇 사내들도 울고 갈 만큼 통이 컸고 크게 사업을 벌여 늘 바빴다. 내게는 엄마가 아버지였고 누나들이 엄마였다. 하지만 누나들이 엄마 역할을 온전히 할 수는 없었다. 이런 사정으로 어린 시절 늘 외로웠는데 지금은 오히려 감사하게 생각한다. 직업이 가수이다 보니 고통이나 고독을 친구 삼을 수밖에 없는데 이런 어린 시절의 정서가 내 노래 전체를 지배한다는 생각이 든다. 그건 동서고금을 막론하고 예인(藝人)들에게는 최고의 복이다.

내 어린 시절… 엄마가 있었지만 엄마는 없었다. 하지만 그건 엄마 잘못이 아니다. 수많은 그런 가정 가운데 한 곳에서 내가 태어났을 뿐이다.

가끔 내 어린 시절과 비슷한 환경에 있는 청소년들에게 상담을 해줄 때면 난 이렇게 말한다.

"잘 생각해봐. 부모님 대에서 일어난 일을 어떻게 할 수 없잖아. 아무리 노력해도 과거를 바꿀 수는 없잖아. 그러니 어쩔 수 없는 일에 매달려 열정과 시간을 소비하기보다 네가 '어떻게 할 수 있는' 바로 지금, 너의 시대에 힘을 기울이는 게 지혜롭지 않을까? 나는 그렇게 살아왔고 그래서 지금의 내가 있는 거라고 생각해. 힘내자!"

초등학교에 갓 입학한 어느 날, 몸이 불덩이처럼 달아올랐다. 난 정신을 잃었다.

다시 정신을 차렸을 땐 병실 침대였고 걱정스런 엄마 얼굴이 눈에 들어왔다. 너무 아파 기절하는 바람에 병원에 실려온 것이다. 처음에는 심한 감기 정도인 줄 알았다. 그것이 그 끔찍한 3년 투병 생활의 시작이라는 건 엄마도, 나도 상상하지 못했다. 그저 정신이 가물가물하면서도 '아파서 쓰러지니까 이렇게 엄마 얼굴 한 번 더 보는구나' 생각했던 기억이 난다.

꼬박 3년을 병원에서 살았다. 병명은 기관지천식과 악성빈혈이었다. 입원해 있는 동안 할 수 있는 일은 국문과 출신이었던 엄마의 영향으로 오로지 독서와 바둑 두 가지뿐이었다. 엄마는 병원에 올 때마다 책을 한 아름씩 가져오셨다. 동화책과 위인전부터 시작해 나중엔 인문학서, 철학서까지도 읽었다. 무슨 뜻인지도 모르면서 닥치는 대로 읽었는데 나름 재미있었다. 지금 생각해보면 아마도 어린 나이에 감당할 수 없었던 내용들까지 뇌에 들어와 과부하가 걸렸던 것 같다.

그 후로 난 멍하니 창밖을 바라보며 몇 시간씩 생각에 잠기는 날들이 많아졌다. 초등학교 저학년 어린이에게는 전혀 어울리지 않는 모습이었다. 어쩌면 그때 그 버릇이 '생각병'으로 발전하여 지금의 공황장애를 야기했는지도 모른다. 기실 공황장애란 그런 것이다. 생각이 많아서 생기는 병! 역시 사람은 그때그때 나이에 맞는 일을 하는 게 제일 좋은 듯하다.

바둑은 당시 내 주치의이셨던 박상돈 선생님께 배웠다. 박 선생님은 아마추어 바둑 5단이었는데, 매일 책만 보는 어린애가 측은했던지 무척 잘해주셨다. 아버지가 없어서였을까, 난 선생님을 잘 따랐다. 선생님은 하루에 한 판씩 나와 바둑을 두어주시기까지 하셨다. 1년이 채 못 되어 난 선생님을 이겼다.

그 얘기를 듣고 엄마는 고무되었던 듯하다. 당시 어른들은 내가 몸이 약해서 오래 못 살 거라고 수군거렸다. 어린아이라 못 알아들을 줄 알고 어른들 용어로 얘기했는데, 책을 몇백 권이나 읽은 내가 못 알아들을 리 없었다. 아들의 정상적인 사회생활을 상상도 할 수 없었던 엄마는 상대적으로 체력 소모가 적은 프로기사가 내게 적격이라고 생각했던 것 같다.

어느 날 엄마가 나를 데리고 외출했다. 병원 밖으로 나갈 수 있어서 너무 좋았다.

신촌 어딘가로 데려갔는데 눈에 익은 사람이 앉아 있었다. 그 당시 유명했던 프로기사 김수영 사범님이었다. 사범님은 한 번만 봐도 기억할 수밖에 없는 캐릭터였다. 머리에서 빛이 났기 때문이다! 이런저런 수를 물어보던 사범님은 바둑을 한 판 두어보자고 하셨다. 테스트라는 걸 직감한 나는 정말 열심히 두었다. 대국이 끝나자 사범님은 엄마에게 짧게 얘기했다.

"기재가 있네요. 한번 시켜보죠."

엄마는 매우 기뻐하며 중국집에 가서 짜장면과 탕수육을 사주셨다. 내 기억에 신촌로터리 어느 건물 꼭대기에 있는 만다린이라는 곳이었는데 어린 나이에도 최고급 중국집이라는 느낌이 물씬 들었다.

'와, 여기 되게 비싼 집 같은데…. 엄마가 기분이 무지 좋은가 보네?'

어린 나이에 그런 생각을 한 걸 보면 본디 경제관념이 없진 않았던 거 같은데 어쩌다 지금은 이렇게 됐을까….

하지만 바둑 도장에 다니는 것도 그리 오래가진 못했다. 일주일에 한 번씩 나가야 했는데 그마저도 체력이 받쳐주지 못했기 때문이다. 엄마와 난 씁쓸히 프로기사의 꿈을 접을 수밖에 없었다.

다시 무료한 병원 생활이 계속되었다. 처음 입원했던 여덟 살 꼬마는 사라졌다. 몸은 더 왜소해졌지만 키가 자라고 머리는 굵어졌다. 침대 주변에는 여전히 엄마가 쌓아둔 책이 넘쳐났고 내 머리는 영화 〈레인 맨)의 더스틴 호프만처럼 숫자 대신 문장을 암기했다. 애당초 이해는 접어두고 닥치는 대로 책을 읽던 시간이었다. 그러다가 무료해지면 때때로 어둠과 밝음이 교차하는 창밖을 바라보며 지금이 황혼인지 새벽인지, 현실인지 꿈인지, 나는 지금 죽음을 향해 가는지 삶을 향해 가는지 의아해했다.

나는 그때 날고 싶었다. 소리를 지르며 흙을 밟고 내달리던 시절은 아득했다. 시선이 닿는 곳은 병실 창밖의 허공뿐. 이제 땅에서의 두 발의 자유보다는 하늘에서의 비행을 소망하기가 훨씬 수월했다. 가느란 두 다리, 그 다리로 이 몸을 지탱하고 살아야 할 현실이 두려웠다.

창문 너머로 멀리 산이 보였다. 저 산으로 뜨고 지는 해를 따라 날갯짓을 한다면 더는 아프지도 외롭지도 않을 곳을 찾을 것만 같았다. 비가 오면 오는 대로, 바람이 불면 부는 대로, 해가 내리쬐면 내리쬐는 대로 마음껏 소리 지를 수 있는 곳, 그래서 꽉 막힌 가슴을 녹여내고 자유로울 수 있는 곳, 텅 비워내고 비워내다 소멸할 수 있는 곳. 그렇게만 된다면 밀랍이 녹아 날개를 잃고 추락하는 이카루스가 되어도 서럽지 않을 것 같았다.

점점 책을 보는 시간보다 멍하니 창밖을 바라보는 시간이 길어졌다. 나는 막힘없는 하늘을 진짜로 날고 싶었다.

자전거,
그 허무의 바퀴

/

꼬박 3년, 하루에 열한 번씩 꽂아대는 주삿바늘의 공포를 감내하고 나서야 나는 세상으로 돌아올 수 있었다. 그리고 또래 아이들이라면 으레 하는 일, 그런 것을 할 수 있게 되었다. 바로 학교에 다니게 된 것이다.

학교는 재미가 없었다. 입학하자마자 입원해서 몇 번 학교에 나가지도 못했는데 4학년이 되어 있었다. 이미 친구들은 3년 동안 함께 뒹굴며 쌈박질도 하고, 같이 밥도 먹으면서 끼리끼리 친해져 있었다. 그 틈에 들어가기란 쉬운 일이 아니었으며 그럴 의욕도 별로 없었다. 친구 없이 외톨이로 지내는 일이 당연하게 느껴지기도 했다. 난 늘 혼자였고, 그 사실에 익숙했다.

학교에서도 병실에서처럼 멍하니 창밖만 바라보는 일이 많아졌다. 점점 내 안으로 기어들고 거기서 안온함을 느꼈다. 할 수 있는 일은 현실보다는 머릿속에 많았다. 아무도 제어할 수 없는 상상 속에서 수없이 무언가를 만들어 부수고 다시 만들기를 반복했다. 상상 속의 것들은 점차 현실로 튀어나왔고, 손에 닿기만 하면 모두 분해하고 조립했다. 어느덧 과학자란 꿈을 갖게 되었고 엄마는 내 변화에 고무되었다.

엄마는 중고 라디오며 고장난 시계 등을 사다 주셨고 난 받는 즉시 그 자리에서 척척 고쳐나갔다. 크고 간단한 제품부터 태엽시계나 회중시계처럼 작고 정밀한 제품까지 고치게 되자 직접 새로운 무언가를 만들고 싶다는 생각이 들었다.

분해와 조립 과정이 반복되다 보니 자연스레 설계에 도전하게 되었으며, 자율 주행 자동차나 수륙 양용 자동차 등을 구상하기에 이르렀다. 설계도면을 그리고 종이로 모형을 만들어본 다음 직접 제작하는 일련의 과정을 수없이 되풀이했다. 각각의 제품에서 부품을 떼내어 로봇이나 장난감 비행기를 만들고, 우산을 개조해서 낙하산을 만들기도 했다. 성능을 시험하려고 낙하산을 펴며 4층에서 뛰어내렸는데 그대로 고꾸라지는 바람에 죽다 살아났다.

실제 크기의 배를 만든 적도 있다. 그때 처음으로 친구를 사귀어 둘이 함께 한강에 나가 타볼 심산이었다. 1센티미터까지 세세하게 계산

해서 설계도를 그렸다. 용돈을 모아 목재소에서 베니어합판을 사고 톱과 공구를 사 모았다. 몇 날 며칠을 톱질과 못질로 씨름한 끝에 제법 그럴듯한 배가 완성되었다. 혹시 물이 샐까 봐 나무 틈새에 촛농을 바르는 치밀함도 보였다(아직 실리콘을 모르던 초등학생의 한계였다…).

서교동 집에서 쉽게 한강에 가져가 띄울 수 있으리라 생각했다. 하지만 완성되고 보니 강까지 가져갈 일이 난감했다. 고민 끝에 한강까지 배를 싣고 갈 차를 제작했다. 고철상에서 바퀴 네 개를 사서 나무판에 붙여 차를 만들었다. 그러고 나서 우리는 강으로 갔다!

드디어 물에 띄우는 감격의 순간. 배는 너울너울 잘도 흘러갔다. 배에 탄 우리는 환호성을 질렀다.

"만세!"

"우리가 해냈어!"

하지만 기쁨도 잠시, 배에 물이 들어오기 시작했다. 차가운 물에 촛농이 떨어져나가며 나무 틈새가 벌어졌기 때문이다. '이제 죽는구나…' 친구 얼굴도 새하얗게 질리기는 마찬가지였다. 우리는 누가 먼저랄 것도 없이 물속으로 뛰어들었고 죽을힘을 다해 뭍으로 헤엄쳐 나왔다.

지는 태양을 따라 배는 잘도 흘러갔고 우리는 흠뻑 젖은 모습으로 멍하니 우리의 꿈을 지켜보아야 했다. 그리고 아무 일도 없었던 듯 툭툭 털고 돌아섰다. 아마도 어린 시절 그런 엽기적 행각들이 지금 내 공연의 시초가 되지 않았을까?

외로움을 이겨내기 위한 혼자 노는 법 중에 '탐험놀이'라는 것도 있었다.

많이 외로울 때면 자전거 뒤에 삶은 계란 두 알과 복숭아주스를 싣고 무작정 달렸다. 골목 여기저기, 찻길, 산길, 대로, 강가 등 바퀴가 구르는 대로 아무 데나 내달렸다. 한 번도 가본 적 없는 동네에 들어서 길을 잃은 적도 있다. 못된 형들을 만나 얻어터지고 돈을 빼앗기기도 했다. 허기가 지면 멈춰 서서 계란을 먹고 주스를 마시며 주위를 둘러봤다. 스쳐가는 나뭇가지와 사람들 하나하나, 강가의 모래알 한 알도 유심히 바라보았다. 똑같은 건 하나도 없었다. 심지어 같은 나무여도 어제가 다르고 오늘이 달라 보였다. 강 너머 지는 태양에 대고 소리를 지르기도 했다.

바로 그 자전거 여행을 탐험이라고 이름 지었다. 어린 마음에도 왠지 있어 보이는 것 같아서…. 미지의 세계로의 탐험, 어쩌면 있을지 모르는 행복에 대한 탐험. 그러나 어김없이 밤이 되고 집으로 돌아오는 길은 쓸쓸했다.

그러던 어느 날이었다. 언덕을 내려가며 급하게 핸들을 꺾는 게 유행이던 시절, 그날도 부단히 신기술을 연마하며 자전거 탐험을 시작했다. 집을 나와 동네를 한 바퀴 돌고 막 홍대 앞 놀이터를 지날 때, 미처 핸들을 꺾을 새도 없이 승용차에 부딪혔다. 하늘을 붕 날았다. 날고 싶다

는 소망이 기습적으로 이루어진 순간이었다. 아주 짧은 시간이었을 텐데 생각은 영화의 슬로모션처럼 이어졌다. 사고라고 직감한 순간 하늘에 떠 있음을 인지했다. 떨어지면 '죽겠군' 하는 생각이 들자 이상한 흥분이 감돌았다.

'이대로 끝나라. 그냥 내 인생 이대로 끝나라.'

툭! 지상으로의 추락은 상상했던 것보다 순식간에 일어났으며 드라마틱하지 않았다. 어느 결에 눈을 감았을까? 몸을 일으키려 팔이 아등바등했다. '이대로 끝나라' 하는 의지와 상관없이 몸은 본능적으로 삶을 갈구했다. 몸은 항상 정신을 배반한다. 아니 본능에 솔직하다. 저만치 굴러 떨어진 자전거 바퀴가 무섭게 헛돌았다. 자동차 문이 열리고 황급히 누군가 다가왔다.

"꼬마야. 괜찮니?"

두어 번 눈을 껌뻑이다가 윗몸을 일으켜 고개를 끄덕였다. 어느새 사람들이 주변을 둘러쌌다. 머쓱해진 나는 벌떡 일어섰다. 조금 긁혔을 뿐 어느 한 곳도 부러지지 않았다. '이래도 사람이 안 죽을 수 있구나.' 신기해하며 몸을 털었다.

운전자는 안절부절못하며 둘러대기 바빴다. 계속 괜찮냐고 물으면서 사고가 벌어질 수밖에 없었던 경위를 둘러댔다.

"됐어요, 아저씨. 괜찮아요."

"나중에 딴소리 하는 거 아니지? 그러게 잘 보고 내려왔어야지. 갑자기 달려드는 바람에…."

"아저씨, 저 정말 괜찮아요. 제발 그냥 가세요. 괜찮습니다."

주섬주섬 부서진 부품을 주워 들고 계속 헛바퀴를 도는 자전거를 일으켜 세웠다. 다행히 굴러가기는 했다. 아저씨는 두어 발자국 따라오다 멍하니 서서 내 뒷모습을 지켜보았다. 아저씨의 시선이 불편했다. 조금 더 걸어가다 뒤돌아보니 아저씨는 가고 없었다. 문득 슬퍼졌다. 아저씨는 나를 그냥 보냈다가 뒤통수를 맞을까 봐… 우리 집에서 연락이 가고 문제가 생길까 봐 걱정했구나… 그래서 벌을 받을까 봐, 터무니없는 보상을 요구할까 봐 두려운 거였구나…. 어른들이란….

긴장이 풀리자 몸이 노곤했다. 엄청난 피로감이 밀려들어 이번에야말로 진짜로 죽을 거 같았다. 연방 하품이 터졌다. 겨우 집에 도착하니 엄마는 오시지 않았다. 자전거는 내일 고치기로 하고 보이지 않는 곳에 잘 숨겨놓았다. 방에 들어가자마자 곧바로 뻗어 잤다.

소원은 부지불식간에 성취되지만 한 번에 두 가지 이상 이루어지진 않는가 보다. 하늘을 날고 싶다는 소원은 이루어졌지만 이대로 세상이 끝나면 좋겠다는 소원은 이루어지지 않았다. 나는 죽지 않았다. 죽지 않아서 허무했다. 허무한 삶에 허무한 사고였다. 그러나 죽지 않고 살았으니 나는 살아야 했다.

음성音聲 서클
'완쓰리'

/

초등학교에서 중학교, 고등학교로 올라가면서 엄마의 사업이 점점 어려워졌다. 급기야 빨간딱지가 세 번이나 붙었고 집안은 풍비박산이 났다. 어려워진 집안 형편에 사춘기의 알 수 없는 분노가 더해져 나는 점점 겉돌기 시작했다.

소리를 지르고 싶었다. 소리를 지르면 울고 난 것처럼 가슴이 후련했다. 잠깐 동안이지만 마음이 시원하고 통쾌했다.

간헐적이고 무의식적 욕망에서 시작된 '소리 지르기'가 작정하고 의식적인 '발성 연습(?)'으로 변한 건 전혀 예기치 못한 상황에서 비롯되었다. 가끔씩 예상치 못한 길에서 운명과 맞닥뜨릴 수 있다더니 가수로 서 나의 운명은 바로 그때 시작되었던 것 같다.

고등학교 1학년 때였다. 당시 우리 반에 3년 꿇은 형이 있었다. 뭔가 사고를 쳤다는 의미다. 그는 동급생이지만 세 살 많다는 이유로 아이들을 괴롭혔다. 때리는 건 기본이고 아이들에게 각종 '셔틀'을 시키고 돈을 빼앗았다. 요구를 들어줄수록 점점 더 포악해지는 그에 대항하고자 나와 친구들은 '서클'을 조직하기로 결의했다. 이를테면 그는 일본에 해당되는 우리의 적이고, 우리는 샌프란시스코 연합국이 되어 그를 압박하기로 한 것이다. 강화조약을 맺으려면 무력 충돌을 피할 수 없었고 총대를 멘 건 바로 나였다.

사전 모의 끝에 택일하여 청소 시간에 그를 공략하기로 했다. 역시나 그는 의자에 삐딱하게 앉아 자신의 할당량을 다른 친구에게 전가하는 중이었다. 나는 마대자루를 들고 지나가며 의도적으로 그의 의자를 밀 쳤다. 의자가 덜컹거리자 팔짱을 끼고 앉아 있던 그가 나를 노려봤다.

"뭐야, 이 새끼…."

"뭐긴 뭐야, 청소하는 학생이지. 청소도 안 하는 게 걸리적거리기나 하고…."

우당탕, 의자 굴러가는 소리가 나더니 그가 벌떡 일어나 내 멱살을 움켜쥐었다.

"이 새끼가 점심을 잘못 처먹었나, 죽고 싶냐?"

나는 살짝 주위를 둘러봤다. 연합국이 배신하면 끝장이었다. 침만 꼴딱 삼키는 아이들이 숨을 죽이고 서 있었다. 더러는 고개를 돌리고 눈을 피했다. 절망적이었다. 하지만 돌아가기엔 너무 많이 왔다.

"점심 굶었다, 이 새끼야~!"

순간 첫 주먹을 휘두른 건 나였고, 그것이 신호탄이 되어 아이들이 달려들었다. 순식간에 교실은 난장판이 되고 그는 단번에 제압되었다.

우리는 첫 승리에 고무되었고 본격적으로 조직을 재정비해 세력을 확장하기로 했다. '음성陰性 서클'의 탄생이었다. 서클명은 완쓰리. 이름의 배경은 단순했다. 우린 1학년 3반이었으니까. 그 시절 그맘때, 우리는 촌스럽고 순진했으며, 그렇게 함께 몰려다녔다. 탈출구가 없는 고교생들에게 패거리 문화는 일종의 로망이었다. 학교에선 춘추전국시대처럼 중원의 패권을 장악하기 위한 무림 고수들의 싸움이 끊이질 않았다. 먹고 먹히는 과정에서 "니네 다 나와"라는 말만 뜨면 아이들은 마치 한일 축구 경기나 되는 것처럼 "와아~" 하고 몰려들어 구경하곤 했다.

그렇다고 허구한 날 싸움만 하고 다닐 수는 없는 일이었다. 애당초 힘센 아이들이 힘으로 무얼 해보겠다고 결성한 모임이 아니었다. 오히려 무력無力해서 만날 맞고 사는 데 염증이 난 아이들이 힘을 합쳐 스스로 안위를 지키겠다는 자구책으로 만든 모임이었다.

할 일 없이 앉아서 노닥노닥하던 날에 누군가 콧노래를 불렀고 누가 먼저라고 할 것도 없이 다들 따라서 홍얼홍얼 노래를 불렀다. 제법 화음이 맞춰지자 한 녀석이 손바닥으로 장단을 맞췄다. 그다음 모일 때는 하나둘 기타를 가져오고, 《포켓 가요》나 《최신 가요》, 《추억의 팝송》 같은 노래책들을 구해와 어느새 본격적으로 노래를 부르고 있었다. 신기했다. 일부러 노래 잘하는 애들만 모아도 힘들 구성이었다. 짜기라도 한 것처럼 한 녀석은 드럼을 잘 쳤고, 두 녀석은 기타와 노래에 뛰어났다. 나 역시 친형 같은 김현식 형 덕분에 일찌감치 기타를 칠 줄 알았다. 우리는 이 새로운 능력에 도취되어 모이기만 하면 노래 연습에 지칠 줄 몰랐고, 어느덧 입소문이 나서 노래에 관심 있는 친구들이 하나둘 모여들었다. 열 명가량이 틈만 나면 모여 앉아 노래를 부르고 주거니 받거니 기타를 교습했다. 새로운 음성voice 서클의 탄생이었다.

그중 이용관, 김형수라는 친구가 있었다. 지금처럼 공개 오디션 프로그램이 있었다면 최소한 결승까지는 올라갔을 실력파 친구들이었다. 노래는 물론이려니와 고등학생이라고는 믿기 어려울 정도로 기타를 잘 쳤는데 그 친구들 가운데 한 명의 형이 대학가요제 본선에 올라 화제가 되기도 했다. 가끔 그 형이 와서 기타를 가르쳐주고 덤으로 무대 매너(?)까지 코치해주었다. 덕분에 용관이와 형수는 멋진 화음으로 주변 여고란 여고는 모두 휩쓸며 킹카로 자리매김했고 우리는 우정 어린 시기와 질투로 녀석들을 응원하며 더 분발하려고 했다.

용관이와 형수는 때로 작곡과 작사를 해오기도 했다. 한번은 "죽음에서 깨어나서 모든 것을 잊고…"라는 노래를 써왔는데 자못 심각한 얼굴로 우리 앞에서 신곡 발표를 했다. 우리는 진지한 자세로 듣고 평가하며 따라 부르기까지 했다.

우린 인생을 다 알아버린 것 같았다. "홀로 가슴 태우다 흙 속으로 묻혀갈 나의 인생아~ 묻혀갈 나의 인생아~"라는 노랫말의 〈불행아〉를 비롯해서 양희은의 〈상록수〉, 김민기의 〈친구〉에 이르기까지 이른바 운동권들의 민주화운동 집회에서 애창되는 노래를 부르곤 했다. 그러다 누구네 집이 비기라도 하면 그야말로 '운수 좋은 날'로 여기며 우르르 몰려갔다. 지금도 별반 다르지 않지만 당시엔 더더욱 친구들과 모여서 놀 만한 장소가 없었기 때문이다. 열 명이 빙 둘러앉아 기타를 치면서 한 명씩 돌아가며 노래를 했다. 나는 그 당시 김민기의 〈친구〉라는 노래를 불렀다.

눈앞에 보이는 수많은 모습들
그 모두 진정이라 우겨 말하면
어느 누구 하나가 홀로 일어나
아니라고 말할 사람 누가 있겠소

어쩌면 난 그즈음부터 불합리한 체제나 '갑질'을 못 견디는 체질이 된 것 같다.

독창이 한 차례 끝나면 분위기가 제법 무르익어 합창으로 넘어가곤 했다. 처음에 들쭉날쭉하던 목소리들은 서너 곡이 지나면서 아름다운 화음을 자랑하곤 했다. 그런데 친구들이 이구동성으로 내 목소리가 들리지 않는다고 하는 게 아닌가. 처음 한두 번은 그러려니 했지만 매번 그런 소리를 들으니 약이 올랐다. 천식을 너무 오래 앓은 터라 그때까지도 기관지 기능이 정상으로 작동되지 않은 탓이었다. 일부러 소리를 높이면 갈라지고 쉰소리가 났다. 날계란을 먹어도 소용이 없었다. 분했다. 그때부터 노래라 할 것도 없이 무작정 소리를 질렀다. 옷장에 들어가서도, 담요를 뒤집어쓰고도 소리를 질렀다. 장소만 허락되면 밑도 끝도 없이 소리를 질러댔다.

2학년이 되면서 자연스럽게 '완쓰리'는 해체됐다. 우리는 이제 1학년 3반이 아니었고, 나는 학생이란 신분을 벗어버렸다. 어쩌면 의도적으로 사고를 쳐서 학교에서 잘리려 했던 건지도 모른다. 그러고는 집을 나와 철저히 혼자가 되었다. 초등학교 때부터 계획했던 독립은 생각보다 빨리 열일곱 살에 이루어졌다.

집을 나와서는 닥치는 대로 일을 했다. 막노동부터 시계 외판원, 분식집 DJ, 서빙, 밴드 마스터 등의 일을 했고, 심지어는 손수레에 수박을 싣고 동네를 떠돌며 팔기도 했다. 일하는 틈틈이 소리 지를 곳이 있으면 한 번이고 열 번이고 소리를 지르다가 다시 일하기를 반복했다.

배고픔보다 참기 어려운 건 소리를 지르지 못한다는 사실이었다.

예일여고 앞의 '해피하우스'라는 분식집에서 저녁에 두 시간씩 DJ를 할 때는 매일 아침 6시면 남산에 올라 해질 무렵까지 소리를 지르다 내려왔다. 배고픔과 갈증은 약수로 해결했다. 잠자리가 마땅치 않을 때는 숙식을 제공하는 카페에서 일을 했다. 대개 밤 12시 정도 일이 끝나고 혼자 남으면 그다음 날 낮 12시까지 소리를 지르며 노래 연습을 했다. 생존을 위한 일이었지만 그 일의 전제조건은 반드시 소리를 지를 수 있는 시간과 여건이 보장되어야 한다는 것이었다. 돈은 중요하지 않았다. 잠을 자는 시간도 아까웠다. 그저 소리를 질러야 했다. 지르고, 지르고, 또 질렀다. 가수가 되고 싶다는 생각도, 노래를 하겠다는 생각도 없었다. 미래를 희망할 여유가 내겐 없었다.

소리 지르는 일은 생존이었으며 오늘 하루를 버티는 목적이자 수단이었다. 그저 소리 지르는 게 좋아서, 너무 좋아서 질러댔다. 그만큼 난 절박했다.

김장훈과
한국사람

/

"인마, 엄한 데서 소리 지르지 말고 대학 와라. 대학 오면 밴드부도 있고 노래패도 있어. 뭣하면 그런 데 아니어도 동아리실에서 맘대로 소리 지르고 노래 부를 수 있으니까 딴생각 말고 대학 오라고."

동아리실…! 귀가 번쩍 뜨였다. 마음대로 소리를 지를 수 있는 곳이 대학에 있다. 왜 미처 몰랐을까…?

마침 엄마도, 그래도 대학은 나와야 하지 않겠냐며 부단히 나를 설득하던 참이었다. 두 가지 일을 한 번에 해결할 수 있는 방법이 생긴 것이다. 어릴 때부터 바둑을 두었기에 난 집중력이 무척 강했다. 놓았던 책들을 붙잡고 6개월간 집중한 끝에 석 달 만에 검정고시에 붙고 또 3개월 만에 경원대에 입학하게 되었다.

　영문과 88학번 동기들과 밴드를 결성했다. 밴드 이름은 현식이 형(김현식)이 지어주었는데, 본인의 하모니카 연주곡 제목과 같은 '한국사람'이었다. 그렇게 내 인생의 첫 번째이자 마지막 밴드인 '한국사람'이 탄생했다.

　그날부터 엄청난 연습에 돌입했다. 수업도 빠져가며 30일 동안 하루 열아홉 시간씩 하루도 거르지 않고 연습한 적도 있다. 피곤함도 모른 채 '오늘도 노래할 수 있구나'라는 생각 하나로 살았다. 허무만이 짙게 깔린 인생에서 비로소 꿈과 열정을 움켜쥔 시간이었다. 지독한 연습 끝에 우리는 드디어 교내에서 첫 공연을 열었다. 반응은 폭발적이었다. 이후 매주 교내에서 공연을 펼쳤고, 주변 학교에까지 '한국사람'이라는 밴드가 입소문을 타고 알려졌다.

　지칠 줄 모르는 열정으로 연습을 강행해 우리는 어느 정도 실력을 인정받았고 크고 작은 행사에 초대받기도 했다. 하지만 환희의 시간은 길지 않았다. 멤버들 각자의 집안 사정과 부모님들의 우려로 인해 밴드는 거의 해체되었다.

　혼자 남았지만 나는 노래 연습을 중단하지 않았다. 오히려 없어진 밴드에 대한 허전함을 메우려고 나는 더 치열하게 소리를 질렀다.

여의도,
1991

/

"김현식 씨 동생이죠?"

"네…? 그럭저럭 동생인데… 누구시죠?"

"서울음반에서 왔습니다. 김현식 씨가 죽기 전에 그렇게 김장훈 씨 이
야기를 하고 다니더라고요."

형… 현식이 형….

이야기를 들으며 내 얼굴은 무표정하게 굳어갔다. 현식이 형 얘기만
나오면 이상하게 멍청해졌다. 슬프지도 먹먹하지도 않고 그냥 지금 무
슨 얘기를 하는지 어리둥절했다. 1991년 봄이 되어서도 나는, 1990년
11월 1일 형의 죽음을 실감하지 못했고, 그래서 울음도 나오지 않았다.

눈물이 나오지 않는 내가 당황스러웠다. 그때 그런 생각을 했던 것 같다.

'너무 아프면 신음도 못 내고, 너무 슬프면 눈물도 안 난다더니…. 그런 건가?'

형의 죽음이 현실적으로 전혀 와 닿지가 않았다. 사람들이 마이클 잭슨의 죽음을 부정하는 이유를 조금은 알 것 같다. 그들은 죽음을 인지 못할 만큼 미친 것이 아니라, 죽음을 인정 안 할 만큼 마이클 잭슨을 사랑한 것이다. 너무 슬프면 눈물이 안 난다.

"김현식 씨가 생전에 자랑 많이 하셨어요. 사촌 동생이 있는데 그렇게 노래를 잘한다고요. 앨범 한번 꼭 내보라 당부하셨지요."

"…."

"이번에 우리 기획실에 예전에 김현식 씨랑 같은 팀에서 베이스를 연주했던 조원익 씨가 가요음악부 과장으로 오셨습니다. 그러면서 장훈 씨를 찾아보라고 하셨어요."

조원익 형은 현식이 형을 친동생처럼 생각하는 사람이었는데 현식이 형이 죽자 유언 같은 그의 이야기가 떠올라 나를 수소문했던 것이다.

당시 대학 4학년이었던 나는 천신만고 끝에 밴드를 재결성해 학교 건물 C동에 있던 200석가량의 허름한 계단식 강의실에서 금요일마다 공연을 하고 있었다. 입장료는 500원. 같은 과 친구 운학이가 표를 팔았고 급우들의 생때같은 500원이 '삥'이 아닌 떳떳한 관람료가 될 수 있도록 혼신을 다해 공연을 하던 때였다. 그야말로 난장도 그런 난장이 없던 시절, 공연 중에 과 대표가 오더니 어떤 덩치 큰 남자가 나를 찾더라는 것이다.

지금은 영화 쪽에서 더 유명한 최순식 씨. 그때 원익이 형의 지시로 나를 찾아온 사람이다. 그는 내게 회사로 한번 찾아오라며 명함을 건네주고 돌아섰다. 얼결에 "그럽시다"라고 대답은 했지만 도대체 어떻게 된 영문인지 희한하기만 했다. 사촌 동생이 아니라고 말할 새도 없이 그는 가버렸고, 그제야 가슴이 두근두근 뛰기 시작했다.

그날은 비가 왔다. 여의도 한국유리 건물에 있던 서울음반 기획사. 그곳에 첫발을 내딛기 전에 크게 심호흡을 하며 다짐한 말이 '쫄지 말자'였다. 혹시나 해서 가져온, 노래를 녹음한 카세트테이프가 품속에 잘 있는지 재차 점검하고 뚜벅뚜벅 사무실로 걸어갔다.

"안녕하세요, 김장훈입니다."

"오디션을 봐야지?"

인사가 끝나고 미처 사무실 안 사람들의 얼굴을 쳐다볼 틈도 없이 날아온 질문이었다. 순간 머릿속에 온갖 경우의 수가 번개처럼 지나갔다. 나는 조금은 저돌적으로 미리 준비한 카세트테이프를 꺼내 테이블에 놓았다.

"아, 우린 그런 거 안 합니다. 이거 들어보시고 하려면 하시고, 아니면 그냥 돌아가겠습니다."

지금 생각해보면 정말 오만방자하기 짝이 없지만 그때는 그게 나름 젊음의 패기라고 생각했다. 열정과 자신감 하나로 극복해온 세월에 대해 이 정도 자존심은 지켜야 한다고 말이다. 당황한 건 조원익 형과 서울음반 관계자들이었다. 몇 초간 표정으로 대화하고 서로 눈빛으로 합의가 이루어진 시점, 조원익 형이 나가서 기다리라고 했다. 일단 큰소리는 치고 나왔지만 쿵쾅거리는 가슴은 어쩔 수가 없었다.

밖에서 기다리는 5분이 50년쯤은 되는 듯 길었다. 조바심이 나서 문에 귀를 바짝 대고 사무실의 동정을 살폈다. 잠시 후 익숙한 내 목소리가 지지직거리는 잡음에 섞여 들렸다. '그냥 노래를 부를 걸 그랬나? 너무 세게 나갔나?' 살짝 후회가 밀려오는 순간 웅성거림이 들렸다.

"야, 무슨 부활한 거 같다…!"

뒤이어 김현식, 전인권의 이름이 거론되며 정말 비슷하다는 감탄사가 들려왔다. 날아갈 듯 기뻤다. 앨범을 내건, 안 내건 당대의 내로라하는 기획사에서 인정을 받았다는 사실만으로도 가슴이 북받쳤다. 이윽고 문이 열렸다.

"계약하자."

"네?"

"음반 내자고…."

얼떨떨했다. 그렇게 바라던 일인데 막상 너무 쉽게 풀려버리니 현실

같지가 않았다.

'이게 꿈인가 생시인가….'

순식간에 계약까지 마치고 밖으로 나왔다. 여의도를 한 바퀴 돌면서 생각해봤지만 현실 같지가 않았다. 주위를 둘러보니 아무도 없었다. 얼빠진 사람처럼 다시 하늘만 바라보는데 히죽히죽 웃음이 났다. 너무 기뻐서 허무하기까지 했다.

다음 날부터 강행군이었다. 당시 음악계 최고 편곡자였던 조동익 형의 감독 아래 앨범을 완성했고, 그해 10월에 '그곳에'라는 타이틀로 1집이 세상에 나왔다. 현식이 형이 떠나고 딱 11개월 만이었다.

앨범을 내고 흥분과 초조와 기대의 연속이던 나날, 고대하던 방송 섭외가 들어왔다. 당시 MBC 간판 음악 프로그램이었던 〈여러분의 인기가요〉에 나가게 된 것이다.

식구들은 물론이요 학교에서까지 저마다 제 일인 양 방송 준비로 야단이었다. 시장에서 옷장사를 하던 누나는 쌈짓돈을 털어 나름 고가 브랜드인 쉐비뇽 잠바를 사줬다. 나와 캠퍼스 커플이던 여자 친구는 흰 아디다스 양말과 폴로 운동화, 또 누군가는 까만 목폴라 티셔츠와 양복바지를 선물했다. 그걸 모두 입고 신었다…. 거울에 비친 모습이 부조화스럽다는 걸 나라고 몰랐을 리 없지만 저마다 부푼 기대를 안고 방송 출연을 위해 사주었는데 하나라도 빼먹을 수가 없었다. 더군다나 라디오도 아닌 텔레비전 아닌가. 노래도 노래지만 자신들이 선물한 것을 착용하고 나왔는지 뚫어져라 화면을 바라볼 터였다. 큰맘 먹고 사준 사람들 성의를 봐서 어떻게든 다 소화해내야 했다.

본방 전 리허설을 하는데 나를 본 피디의 얼굴이 일그러졌다. 그러나 그는 아무 말도 하지 않았다. 설마 본방에, 그것도 생방송에 그 차림으로 나갈까 싶었던 것이다. 본방에는 양복으로 갈아입고 나갈 줄 알았던 그는 생방송에 그 모습 그대로 올라간 것을 보고 기함을 했다. 게다가 리허설과 다르게 동선까지 내 마음대로 조정했다. 리허설 때 미리 노래하면서 걷거나 설 지점을 지정해주는데 그대로 했다간 여자 친구한테 양말을 보여줄 기회가 없었기 때문이다. 마침 무대 장치로 화단이 있기에 나는 예정에 없던 경로로 우회했다. 무대 중앙으로 나오다 말고 화단에 앉아, 무릎을 꼬면서 양말이 보이도록 한 채 몇 초간 노래를 불렀다. 그리고 다시 정해진 자리로 걸어가 노래를 마쳤다.

담당 피디가 머리끝까지 화가 났으리란 건 불을 보듯 뻔했다.

"야! 너 뭐하는 놈이야? 그 옷이며 화단에 앉는 건 또 뭐야?"

"여자 친구가 신경 써서 양말을…."

"이 새끼야, 그걸 말이라고 해? 리허설대로 해야지, 방송이 장난이야?"

"죄송합니다. 제가 잘 몰라가지고…. 누나랑 이모랑 여자 친구가 선물해준 거라 몽땅 보여줘야 해서…."

대답이 점입가경이었다. 피디는 기어코 폭발하고 말았다.

"이거 완전 꼴통 아냐? 이 또라이 새끼야, 그거야 니 사정이지. 어디 순위 프로그램에 그걸 옷이라고 입고 나와? 살다 살다 별꼴을 다 당하네. 가, 인마!"

담당 피디가 원익이 형이랑 친했기에 겨우 나갈 수 있었던 무대인데 확실하게 꼴통으로 찍히고는 두 번 다시 연락이 없었다. 잔뜩 풀이 죽어 이제 끝났구나 생각했다. 그런데 한번 방송을 타자 의외로 폭발적 반응이 나타났다. 하루 만에 앨범 만 장이 나가면서 여기저기 나에 대한 신문 기사가 실렸다.

"신인가수 김장훈, 김현식과 전인권의 대를 이을 언더그라운드의 새로운 별."

예상 밖의 희망적 상황이 펼쳐지자 모두들 이제 "됐다" 하며 환호했다.

절망의 끝에서 부르는
희망의 노래

많은 사람들이 가수가 된 계기가 뭐냐고 묻는다. 혹은 언제부터 가수를 꿈꾸었느냐고 묻는다. 그럴 때 보통 "글쎄요…"라고 하거나 머리를 긁적긁적한다. 처음부터 가수가 되겠다고 다짐한 기억이 없다. 아니 가수가 된다는 건 상상도 못한 일이었다.

한 사람이 어떤 자리에 도달하기까지 두 가지 길이 있다고 본다. 하나는 처음부터 그 자리를 목표 삼아 구체적인 계획을 짜서 실천하는 경우고, 또 하나는 아무 목표 없이 그저 좋아서 하다 보니까, 행위의 결과 어느새 그 자리에 도달하게 된 경우다. 난 후자 쪽이다. 그저 소리 지르는 게 좋아서, 가슴이 너무 답답해서 악을 쓰다가 나도 모르게 가수로 첫발을 내딛게 되었다.

소리를 지르고 노래를 부르면 꽉 막힌 가슴이 뚫리고 시원해졌다. 하다 보니 안 하면 못 살 것 같았고, 살기 위해서 다시 노래를 불렀다. 문득 뒤돌아보니

결과적으로 내가 걸어온 그 길이 가수가 되는 길이었고, 인생의 변곡점 하나
하나가 다 나를 가수의 길에 들어서게 한 필연적 경험이었다. 구체적으로 정
해진 건 아무것도 없었다. 지금도 마찬가지다. 그저 오늘 하루하루 최선을 다
할 뿐이고, 그 최선의 결과가 또 내가 알지 못하는 미지의 시간으로 나를 데
려다줄 것이다.

생의 절박함에서 부르짖는 절규, 그것이 바로 내 노래의 시작이었다.

누군가 이렇게 물을 수도 있다.

자신을 그렇게 극단으로 몰아붙이면서까지 위로의 노래를 고집해야 하나
요?"

나는 이렇게 답하련다.

이 세상 모든 어른의 마음에 한 명쯤 어린아이가 있는 것처럼, 이 세상 모든
사람의 가슴에는 저마다 상처 입은 어린 짐승 하나쯤은 있게 마련입니다. 지
금 행복한 사람이든, 여전히 불행한 사람이든, 저마다 아픔과 상처가 하나쯤
은 있는 거지요. 지금 행복한 사람에겐 그 상처 입은 어린 짐승을 위해서, 여
전히 불행한 사람에겐 지금의 그 불행을 위로하기 위해서, 나는 언제나 절망
의 끝에서 위안과 희망을 노래하려 합니다."

잠수

/

그렇게 〈그곳에〉란 생애 첫 신곡으로 날개를 펼 무렵 예상치 못한 상황이 벌어졌다. 일순 폭발하는 벚꽃처럼 거리거리의 스피커마다 현식이 형의 〈내 사랑 내 곁에〉가 터져 나오기 시작했다. 당시 MBC 주간 드라마 〈우리들의 천국〉이 큰 인기를 끌면서 배경음악도 함께 히트한 것이다. 〈내 사랑 내 곁에〉는 형의 유작 앨범 《김현식 6집》에 수록되었는데 사후 30만 장이 나가고 판매가 거의 끝난 상태였다. 그러다가 1년이 지난 후 드라마 배경음악으로 쓰이면서 다시 300만 장이라는 어마어마한 판매고를 올렸고 형의 다른 앨범까지 품절 사태를 불렀다.

그때 나는 의기소침한 상태에서 벗어나 한창 활기를 띠고 언더그라운드에서 활동하고 있었다. 방송사에서 불러주진 않았지만 입소문을 타고 음반 판매량도 제법 호조를 보여, 큰 욕심만 부리지 않는다면 차근차근 가수로서 입지를 다질 수 있을 듯했다. '이대로 탄력받아 올라가보자, 방송이 아닌 진짜 노래로 승부를 걸어보자.' 스스로를 담금질하는 가운데 느닷없이 방송국에서 나를 찾는 전화가 쇄도했다. 〈내 사랑 내 곁에〉의 인기몰이가 이유였다. 노래는 떴는데 사람은 없고, 사촌동생이라고 하나 있는데 목소리 느낌이 비슷하고…. 스토리를 만들어보겠다는 계산이 깔린 러브콜이었다. 회사에서는 좋은 기회라며 밀어붙였다.

"너를 위해 터진 기회니까 해보자."

"싫어요."

"동생이라는 게 뭐 어때서? 어차피 사람들은 사촌 동생으로 알잖아…. 너흰 친형제보다 가까운 사이였으니 사촌이건 아니건 문제 될 게 없다고."

"싫다고요. 안 한다고요."

처음부터 앨범을 내고 가수가 되려던 게 아니었다. 그저 노래가 좋아서, 노래를 부르지 못하면 죽을 거 같아서 불렀고, 부르다 보니 앨범을 내고 가수가 됐다. 이왕 발을 들여놓았으니 잘하고 싶었고 사람들한테 인정받고 싶었다. 좋아서 하다 보니까 여기까지 온 거지, 앨범을 내거나 가수가 되는 게 목적이 아니었다. 그런데 이제 와서 유명해지겠다고 내 노래를 접고 형 노래를 부른다는 건 뭔가 좀 이상했다. 그리고 형의 죽음을 딛고 일어서는 듯한 느낌이 싫었다. 원익이 형은 설득을 멈추지 않았다.

"죽은 형을 위한 일이라고 생각하면 되잖아."

"형을 위하는 건 알아서 내 방식대로 할게요. 근데 이건 아무리 생각해봐도… 죽어도 아니에요, 형."

그때 내가 생각한 방식은 그랬다. 형이 만들어준 이 가수라는 길, 형이 말한 대로 매일같이 노래를 해서 잘되면 잘되는 대로, 안되면 안되는 대로, 나는 내 나름대로 가수의 길을 걸을 것이다. 시키지 않아도 언젠가는 형의 노래를 부를 것이다. 사람들이 김현식이라는 이름과 김현식의 노래를 잊지 않도록.

방송사와 회사, 회사와 나의 실랑이가 절정에 다다랐을 무렵 〈여러분의 인기가요〉를 연결해줬던 형님이 중재안을 제시했다. 자신이 하는 프로그램에 직접 출연하는 대신 뮤직비디오처럼 촬영해서 방영하자는 제안이었다. 그때만 해도 뮤직비디오가 지금처럼 활성화된 시절이 아니었으므로 꽤 획기적인 기획이었다. 그 정도면 별 부담 없이 해낼 수 있을 것 같았다.

촬영은 서울랜드 삼천리극장에서 진행되었다. 아무도 없는 쓸쓸한 장면에 내가 등장해서 노래를 하면 배경에 갑자기 빌딩들이 하나씩 나타나고, 그 사이로 현식이 형이 산으로 걸어가는 장면이 오버랩되었다.

반응이 좋았다. 음색과 하모니카 연주가 현식이 형의 생전 모습과 흡사하다고 했다. 나와 현식이 형이 절묘하게 오버랩되었다. 그러자 사람들은 늘 그렇듯 우리 두 사람 얘기로 제각각 드라마를 쓰기 시작했다. 방송 요청이 쇄도했다. 그러나 그 이상의 출연 요청은 정중히 고사하고 라디오에서만 몇 번 더 형 노래를 불렀다.

딱 거기까지라고 생각했다. 방송이나 회사에 대한 예의는 어느 정도 지켰다고 보았으며 이제부터 진짜 내 노래로 승부하리라 마음먹었다. 일체의 타협 없이 공연만 하기로 했으며 공연에 집중하는 시간은 즐겁고 설렜다. 나는 순진하게 태풍 전의 고요 같은 그 시간을 즐겼다. 12월의 복병이 다가온다는 것을, 7년여 무명 시절의 서막이 열리고 있음을 꿈에도 몰랐다.

12월이면 각종 시상식으로 방송계가 분주하다. 가수들에게는 당시 최고의 권위를 자랑하는 골든디스크상 시상식이 초미의 관심사였다. 골든디스크는 그 당시 연예계의 막강 파워 《일간스포츠》와 MBC가 공동 주최하는 시상식으로, 거기서 수상한다는 건 탄탄대로를 보장받는 것과 마찬가지였다. 그해 대상은 아무런 이견 없이 〈내 사랑 내 곁에〉로 결정되었다. 너무나 당연한 결과였지만 수상자가 고인이 된 경우라 누가 대리 수상을 할지, 피날레 무대는 어떻게 장식할지가 관건이 되었다.

공론이 분분한 가운데 골든디스크 사무국은 당시 아홉 살이었던 형의 아들 완제에게 대리 수상의 소임을 맡겼고, 피날레 무대는 이론의

여지없이 '김장훈'으로 결정해놓았다. 나는 못 한다고 팔팔 뛰었고 회사는 해야 한다고 펄펄 뛰었다. 비록 대리였지만 서기만 하면 앞날은 보장받는 셈이었다. 그래서, 그랬기에 싫었다. 그런 식으로 앞날을 보장받는 게 구차했다. 아무도 내가 성공 때문에 그 자리에 선다고 생각하지 않는다 해도, 그렇게 생각하는 사람이 한 명도 없다고 하나님이 보장하신대도, 내겐 정직에의 강요 같은 강박과 결벽이 있었다.

"안 해요."

"해야 해."

"절대로 안 해요."

"반드시 해야 해."

"분명히 안 한다고 했어요."

"할 걸로 믿는다."

아무리 으르고 달래도 꼼짝하지 않았다. 하지만 회사에서는 막상 닥치면 별수 없을 거라 생각했고, 결국 전날까지 내 무대를 취소하지 않고 끌고 왔다. 그리고 그날 밤, 어디로 튈지 모르는 나를 붙잡고 옥신각신 다투며 밤을 샜다. 동쪽 하늘이 희부옇게 밝아올 즈음, 달래는 쪽이나 거부하는 나나 모두 피로에 지쳤고 더러 선잠에 빠져들기도 했다. 간신히 정신을 차린 나는 그 틈에 숙소로 돌아왔다. 그때 난 가수 강인원 형이 하던 홍대 앞 BMD라는 연습실에서 지내던 참이었다. 바닥 카펫 아무 데서나 자고 눈뜨면 바로 연습을 하던 곳이었다. 아쉬웠지만 짐이라 부를 것도 없는 살림살이를 챙겨 그길로 날라버렸다.

경원대에는 데뷔하기 전 꾸려놓은 밴드 '김장훈과 한국사람'의 아지트가 아직 남아 있었다. 멤버는 나와 유희열, 이렇게 둘이었다. 희열이가 유재하 가요제에 나가기 전이었다. 학교에 가면 희열이를 통해 찾아올까 봐 그리로 가지도 못하고, 고심 끝에 아는 친구 집에 일단 짱박혔다. 그날 저녁 시상식에서는 나 대신 긴급 호출된 장필순이 노래 부르는 모습을 볼 수 있었고, 나는 그 사건이 일단락될 때까지 일주일을 더 숨어 지냈다.

세상에 다시 모습을 드러냈을 때 내가 갈 곳은 학교밖에 없었다. 그야말로 태풍이 지나간 자리처럼 내가 가수로서 설 수 있는 곳은 몽땅 폐허가 되었다. 방송은 꿈도 못 꿀뿐더러 여의도 쪽으로는 발걸음도 뗄 수 없었다. 나는 완전히 매장되었다. 그나마 다행인 건 공연장으로 가는 길까지는 차단당하지 않았으며, 이름 그대로 언더그라운드 가수로서 노래를 부를 수 있었다는 점이다. 노래를 부를 수만 있다면 어떻게든 살 수 있었다.

다시 학교에서의 노숙이 시작되었다. 후배들의 실망은 이루 말할 수 없었다. 매일 밥을 사주며 공들인 형이 드디어 가수가 되었다는 환희도 잠시, 다시 밥을 사주고 더러는 용돈까지 나눠 써야 할 처지가 되어 돌아왔다. 수혜는커녕 '삥 뜯기'까지 한층 업그레이드되었다.

밤 10시 넘어 학교 앞 버스 정류장에 가보면 술 취한 여자 후배 한두 명쯤은 꼭 발견할 수 있었던 시절이다. 그럼 슬쩍 다가간다.

"넌 집이 어디냐?"

"에～～#$%@#$."

"여기 있다간 큰일 나. 집이 어딘지 말해, 데려다줄게."

"동부… 이촌동이오…."

그러면 정말 여왕님 모시듯 동부이촌동으로 데리고 간다.

띵동～～～.

예상대로 안에서 화가 난 후배 어머니의 목소리가 들려온다.

"누구세요?"

"아, 저 ○○이 선배인데요…."

대문이 열리고 후배 어머니의 화난 얼굴이 보인다.

"뭐예요?"

"아, ○○이 선배인데 ○○이가 너무 취한 거 같아서 집에 데려다주러 왔습니다."

"그 학교는 공부 안 하고 술만 먹어요? 어떻게 만날 술에 취해서 들어와?"

"아, 어머니, 저랑 마신 게 아니고요… 다른 애들이 같이 술 마시고 정류장에 버리고 갔더라고요. 그래서 제가 위험할까 봐 집에 데리고 온 건데요."

"그래요? 고마워요. 그래도 괜찮은 선배가 좀 있네. 조심해서 가요."

그나마 조금 누그러진 후배 어머니는 슬쩍 나를 훑어보다가 문을 닫으려 한다.

"죄송한데… 데리고 오다 보니… 제가 차비를 다 써서요."

"아니… 후유….'

그러면서 마지못해 만원짜리 한 장을 내놓으신다.

"이걸로 타고 가요."

"죄송한데 학교가 성남이어서 2만원은 있어야 하거든요. 너무 죄송하지만 2만원 맞춰주시면 감사하겠습니다…."

그렇게 생긴 2만원으로 택시와 심야 좌석버스를 이용해 학교에 오면 1만 7천원쯤이 남았다. 그거면 이틀은 왕처럼 먹고살 수 있었다. 다시 학교로 돌아온 나는 이렇게 수많은 삥으로 아무 걱정도 없이 화려한 난장 생활에 돌입했다.

그리고 다시 끝없는 연습! 차라리 그편이 나는 좋았다.

레터 투
김현식
/

"있을 때 잘해….".

　동부이촌동의 그 새벽. 그 말이 그렇게 아픈 말일 줄 몰랐다. 형한테 마지막으로 들은 말은 노래를 잘하라는 말도, 건강하란 말도 아닌 바로 "있을 때 잘해"였다.

　그날은 학교 축제였다. 다채로운 행사가 캠퍼스 곳곳에 펼쳐졌는데 바둑대회가 눈에 띄었다. 소정의 상금까지 걸려 있어 망설임 없이 대회에 출전했다. 건강 때문에 관두기는 했어도 한때 프로기사를 꿈꿀 정도였으니 자신이 있었다.

'좋다, 상금을 거머쥐고 오늘 제대로 쏘리라.'

그간 내 밥을 책임졌던 후배들을 위해 다시없을 좋은 기회였다. 나는 가볍게 예선을 통과했다.

결승은 오후였다. 어디서 받아왔는지 후배 하나가 막걸리를 돌렸다. 시원하게 한잔하고 설렘 속에 오후의 결승전을 기다리다가 별 이유도 없이 엄마에게 전화를 했다.

"여보세요…."

"엄마!"

"…."

"엄마?"

엄마는 침묵했고, 뭔지 모를 불안감이 엄습했다. 재차 엄마를 불렀다. 참을 수 없는 침묵이었다. 잠시 후 엄마가 짧은 한숨을 토해냈다.

"현식이가 죽었다…."

현식이 형이 세상을 뜨기 전 한동안은 거의 붙어살다시피 했다. 학교에서 먹고 자고 하다가 밑도 끝도 없이 형 생각이 나서 공중전화로 달려가면 형은 무조건 "빨리 와!" 하고는 전화를 끊었다. 막상 달려가면 반가움은 잠시, 역시나 술에 취해 티격태격하기 일쑤였다. 형은 버릇처럼 "에이, 이 새끼야 쯤…" 하며 뒤통수를 후려쳤고, 감히 대들지 못하는 난 멀찌감치 떨어져 "에이, 다신 안 만날 거야"라고 내뱉고는 뒤쫓아 오는 형을 피해 전력으로 도망쳤다. 그러나 다음 날이면 언제 그랬냐는 듯 연락이 되고, "오라"는 말 한마디에 또다시 자석에 이끌리듯 형에게 갔다.

사람은 정이 많은 만큼 외로운 걸까? 형은 혼자서는 못 견디겠다는 듯 어딜 가든 꼭 나를 데리고 다녔다.

"나 학교 가야 돼, 형….."

"그냥 좀… 따라와."

공연을 하든, 게스트로 초대받든 나와 대동했고, 크고 작은 볼일에도 어김없이 "장훈아… 같이 가자…" 하고 나를 찾았다. 형과 다니다 누군가와 문제가 생기면 난 매니저가 되어 형을 뒤에 두고 대신 싸웠다. 형은… 그런 게 필요했나 보다. 누군가 나를 대신해 싸워줄 이가 있다는 것… 잘잘못을 떠나 무조건 내 편인 사람…. 지금 나에게도 절실한 한 사람….

"정말… 다시는 안 올 거야. 이제 진짜 안 봐."

만날 싸우고 화해하고를 반복하다가 대차게 싸운 어느 날 이후 형을 보지 않았다. 그리고 한참이 지난 후에 형에게 전화를 했다.

"왜 이렇게 오랜만이야? 빨리 와."

"안 가!"

"왜에… 빨리 와. 오늘 좋은 일 있어."

"안 가…. 그런데 좋은 일이 뭔데?"

/ 현식이 형한테 마지막으로 들은 말.
노래를 잘하라는 말도, 건강하란 말도 아닌 바로
"있을 때 잘해"였다.

"형 돈 많이 생겼어. 뉴망 바지 하나 사줄게."

"…!"

당시 '뉴망'은 지금의 '프리미엄 진'급에 해당되는 고가 브랜드로, 사람들은 멀리서도 뒷주머니의 삼각형 은색 메탈만 보면 엄지를 척 올리곤 했다.

"뉴망? 진짜로?"

"진짜지, 인마~! 뉴코아 갈 거니까 얼른 와."

"알았어, 형. 갈게. 그런데 지난번처럼 또 술 먹고 꼬장 부리면 이제 진짜 안 본다."

"알았어, 빨리 와."

단순한 마음에 곧바로 형에게 갔고, 형은 뉴코아백화점으로 나를 끌고 가서 진짜 뉴망 바지를 사줬다! 무슨 일일까…, 뭔가 불안했다. 그날 우리는 여러 군데 옮겨 다니며 술을 마셨다. 낮술을 마시고 둘이서 나이트클럽을 갔다. 다음에는 바 bar로 옮겨 술을 마셨다.

낮부터 시작된 술자리는 새벽까지 이어졌다. 한남동으로 와서 또 술을 마셨다. 술을 마시고 돌아오던 동부이촌동 길가에서 언제나 그렇듯 또 한판 했다. 그날은 너무 취해서 나도 같이 멱살을 잡고 대들었다. 다른 때 같으면 주먹이 마구 날아왔을 텐데 그날은 갑자기 형이 멱살을 풀더니 고개를 푹 숙이고 한참을 서 있었다. 왠지 기분이 이상했다. 울고 있는 것 같기도 했다. 너무 아팠던 그 모습이 지금도 잊히지 않는다.

한참 고개를 숙이고 있던 형이 나지막이 말했다.

"장훈아…."

"…."

"있을 때 잘해."

"응?"

"있을 때 잘하라고, 인마…."

무엇이 그렇게 형을 절망케 했을까? 그때는 이해를 못했다. 살아서도 전설이라 불린 사람. 아이도, 아내도 있고 좋아하는 음악도 하는데, 그냥 마음만 다잡으면 될걸 왜 저렇게 방황할까…?

어쩌면 형은 불가해한 세상을 이해하려 했는지도 모른다. 형은 성실하고 따뜻했으며, 누군가에게 상처 주는 것을 두려워했다. 사랑하는 사람들을 위해 세상에 대한 분노는 가슴에 묻어두고, 조금은 습관과 타성에 젖어 남들처럼 평범한 일상을 살아보려 했는지도 모른다. 그게 모두를 두루 행복하게 한다면 말이다.

'왜'라는 질문을 거부당한 채 끊임없이 돌을 굴려 올려야 하는 시시포스의 삶을 형은 받아들이기 힘들었을 것이다. 세상에 실재하면서도 세상과 융합할 수 없는 자신의 존재가 괴로웠을지도 모른다. 그 괴리감을 좁히려고 발버둥을 칠수록 세상의 부조리함은 극명하게 다가왔을 테고, 본질과 현실 사이에서 끝내 스스로를 납득시키지 못한 채 폭음과 기벽으로 고독을 은폐하려 했는지도 모른다.

"갈게, 형."

그렇게 난 돌아섰다. 그리고 한 달여를 아무것도 하지 않고 노래에 미쳐 살았다. 그러고 나서 형은 떠났다.

존재와 그림자는 하나인 듯 둘이다. 존재가 거대할수록 그림자도 깊은 법이다. 그러나 그때는 몰랐다. 거대한 형의 모습만 보았을 뿐 그림자는 보지 못했다. 그렇게 내게도 불가해한 하나의 세상이었던 형은 철저히 고독했을 것이다.

어느덧 나는 형보다 나이 많은 동생이 되어버렸다. 갈수록 깊어지는 그림자를 천형처럼 드리우고, 이제는 사람들을 볼 때 그 실재 모습보다는 그림자를, 깊이를 가늠하는 나이가 되었다. 미안하고, 보고 싶다.

약속

20년 만에 지킨 아무도 모르는 약속이었다. 나 자신에게, 그리고 하늘에 있는 형에게 한 약속이었다.

1991년 12월, 어쩌면 가요계에서 영원히 매장될 수도 있다고 각오하고 골든 디스크의 피날레를 뒤로한 날. 내 힘으로 당당히 일어선 다음 똑바로 세상을 쳐다보며 형을 추모하는 노래를 부를 거라고 울음을 삼키며 했던 맹세였다. 나는 그 죽음 앞에 한 점 거리낌도 없기를 바랐다.

그날이 오면 내 모든 걸 쏟아부어 최고의 무대를 형에게 보여주리라 약속했다. 그리고 형의 20주기이자 나의 데뷔 20주년이기도 했던 2011년, 나의 기념앨범 대신 형을 기리는 헌정앨범을 제작했다. 제목을 '레터 투 김현식'으로 했고 앨범 재킷에 우표 한 장을 붙였다. 하늘나라로 보낼 수 있는 우표…. 그리고 내가 좋아하는 형의 노래들을 체코필하모닉 오케스트라와 함께 재탄생시켰다. 아마도 내 생애 최고의 앨범이라고 생각한다.

형에게 글도 한 자락 보냈다.

"형 편지 한 장 띄워요. 답장으로 그 웃음 한 번…."

형의 웃음은 늘 소년 같았다.

가족이란
이름으로

골든디스크 시상식을 펑크 내고 나는 또다시 세상에서 소외되었다. 아니, 사실은 내가 세상을 소외시켰던 것 같다. 그 당시 방송은 내게 맞지 않는 옷 같았다. 대신 나는 소극장 공연의 메카였던 대학로로 향했다.

끝없이 공연을 계속했지만 이름 없는 가수의 공연에 관객이 몰릴 리 없었다. 어떨 때는 두 명, 어떨 때는 열 명. 그러나 관객의 많고 적음을 떠나 노래를 할 수 있다는 사실에 감사했다. 오히려 관객이 적었기에 관객들이 원하는 바를 분명하게 알 수 있었고, 가수와 관객이라는 구분 없이 함께 호흡하며 노래할 수 있었다. 나는 점점 괜찮은 가수, 재밌는 공연, 독특한 뮤지션으로 입소문을 탔고 골수팬도 생겨났다. 그렇게 한두 명 늘어난 팬들 덕분에, 대중매체와 타협하지 않고 순수한 음악을 한다는 자부심으로 언더그라운드에서 버틸 수 있었다.

하지만 엄마와 누나의 삶은 점점 피폐해져갔다. 그리고 사람들이 찾지 않는 내 공연을 기획해주는 기획자도 더는 없었다. 가족의 희망은 나뿐이었는데 길은 보이지 않았다. 가수와 가장이라는 두 가지 혼재된 길에서 나는 이런 생각을 했다.

'참여든 순수든, 노래라는 게 결국 인간을 노래하는 건데, 부모 형제의 고생조차 외면하는 사람이 과연 음악성을 따질 자격이 있을까? 내 엄마, 누이들의 눈물조차 거두지 못하는 사람이 어떻게 관객의 눈물을, 세상의 눈물을 닦아주고 위로하겠는가. 과연 노래란 무엇이며 음악이란 무엇인가…'

일단 엄마와 누나를 배불리 먹여 살리겠다고 생각했다. 여태껏 내가 좋아하고 원하는 일을 행동 판단의 최우선 가치로 삼았다면, 이제부터는 가족이 원하는 일과 좋아하는 일을 최고의 기준으로 삼기로 했다. 그럼 어디서부터 무엇을 시작해야 할까? 엉뚱한 곳에서 무모하게 시작할 수는 없는 노릇이다.

남보다 많이 가진 건 음악적 자산이었으며 제일 잘하는 일도 노래였다. 노래 아닌 다른 세상을 꿈꾼다는 것은 죽음 이후의 천국이나 지옥을 꿈꾸는 것과 다름없었다. 내게 노래는 삶과 죽음의 경계 자체였으므로, 그 경계에서 할 수 있는 일을 찾아보아야 했다. 곧바로 동아기획의

문을 두드렸다.

당시 동아기획은 언더그라운드의 메카로 들국화, 시인과촌장, 한영애, 봄여름가을겨울, 김현식 등 이제는 가요계의 전설이나 다름없는 뮤지션들을 배출해냈다. 동아기획 마크만 달아도 노래와 음악성을 보증받은 것이나 마찬가지였기에 소속된 가수들은 모두 그 자부심 하나로 노래에 승부를 거는 삶을 살았다.

동아기획에서 난 예상 밖의 답을 들었다.

"시절이 바뀌었다. 네가 꿈꾸던 김현식이나 들국화 시절이 아니야. 텔레비전에 나오는 가수들도 다 공연을 하는 상황에 공연만 하는 언더그라운더로서는 경쟁력이 없어."

그리고 김영 사장은 이제 가요계 판도가 바뀌었다며 세 가지 조건을 제시했다.

"첫째, 방송을 하고 텔레비전에 나갈 것.

둘째, 막 지르기보다는 사람들이 따라 부를 수 있는 노래를 할 것. 정말로 히트를 치고 싶다면 샤우팅이 강조되는 록보다는 발라드를 할 것.

셋째, 자중하고 싸우지 말 것.

이 세 가지만 지키면 넌 반드시 히트곡을 내고 유명가수가 될 수 있으며 원하는 모든 공연을 하게 될 거다."

난 그 말을 믿었다. 아니 믿을 수밖에 없었다. 곧장 주어진 나의 또다른 삶에 철저하게 나를 맞추었다. 그리고 앨범 준비에 들어갔다.

1998년 2월 16일,

'김장훈#1998 발라드 포 티얼스'

인기가수라는 타이틀을 안겨주고 오늘날 수많은 공연이 가능하게 해준 생애 첫 히트곡, 〈나와 같다면〉이 마침내 터졌다.

그렇게 김영 사장의 얘기대로, 또 내 생각대로 내가 원하는 모든 것을 얻었다. 하지만 언제나 그렇듯 인생은 한 방향으로만 흘러가지 않는다. 그 성공은 결국 내게 또 다른 혼란을 가져왔다.

간절히 원했고, 작정하고 도전한 일이었지만 급작스런 인기에 혼란스럽기도 했다. 그 당혹감을 딛고 공연을 하고, 다시 혼란스러워하고 공연을 하기를 반복하며 오늘날까지 왔다. 넋 놓고 답을 찾는 데만 골몰하면 아무것도 할 수 없다.

상황은 하루하루 바뀐다. 세상도 바뀌고 나도 바뀐다. 어제의 내가 오늘의 내가 아니고, 오늘의 내가 내일의 내가 아니다. 그러므로 오늘의 고민에 대해 얻은 답이 내일 적확하게 들어맞을 수는 없다. 어쩌면 매번 혼란스러운 건 당연할지도 모른다. 그 혼란의 과정에 초심을 잃었다느니, 타협했다느니 하는 말을 듣기도 했다.

《논어》〈선진先進〉 편에는 이런 이야기가 나온다.

자로와 염유가 공자에게 "바른 도리를 들으면 곧바로 실행해야 합니까?"라고 물었다. 공자는 자로에게 "아버지와 형이 계신데 어찌 듣자마자 실행할 수 있겠는가"라고 답했다. 그런데 염유에게는 "곧바로 실행해야 한다"라고 답했다.

다시 공서화가 "어찌 같은 질문에 서로 다른 답을 주십니까?" 하고 묻자 공자가 답한다.

"염유는 물러서 있으므로 나아가게 한 것이고, 자로는 과감한 까닭에 물러서게 한 것이다."

과연 공자가 초심을 잃었다고 말할 수 있을까? 공자는 사람의 됨됨이와 환경에 따라 지나친 사람에게는 한 발 물러서는 여유를, 모자라는 사람에게는 한 발 전진하는 용기를 탄력적으로 제시한 것이다. 뜻은 하나이되 실행하는 방법은 고착돼 있지 않으며 시시각각 변하는 상황에 따라 다방면으로 변화무쌍하게 나타날 수 있다. 이것은 뜻의 문제가 아니라 적용의 문제였고, 자신이 처한 자리에서 무엇이 최선인지 밝힘으로써 모두를 편안케 하려는 극진한 마음이었다.

내게도 초심의 적용은 변화무쌍할 수 있다. 초심이란 내가 가진 중심을 발현시키는 하나의 현상일 뿐이다.

굿바이 투 로맨스

"낭만이여 안녕, 친구여 안녕, 모든 과거여 안녕.
하지만 우리 언젠가 다시 만날 날을 믿습니다."

1996년 여름, 광화문 마당세실극장의 공연, 타이틀은 '굿바이 투 로맨스'.
상업음악을 하러 가기 전, 언더그라운드 뮤지션으로서 마지막 공연이었다.
언제나 설렘과 두려움으로 가득하던 공연에 착잡함이라는 감정이 보태졌다.
가수로서 살아 돌아올지, 종지부를 찍을지 알 수 없는 길이었다. 가라고 등
떠민 사람도 없다. 하지만 더는 머뭇거릴 수 없는 길이기도 했다. 가족은 가
난했고, 방송에 나가지 않는 언더그라운더로서는 무대에 설 기회를 잡는 데
도 한계가 있었다. 계속 공연 무대에 서기 위해서라도 더 넓은 무대로 나가야
했다. 많은 수는 아니지만 그동안 성원해준 팬들에게 보고(?)는 해야겠다는
생각도 들었다. 힘든 나날, 늘 곁에서 응원해주며 내 음악의 근간이 되어준

팬들이었다. 그날 공연은 노래라는 칼날과 삶에 대한 투지를 벼리기 위해 본격적으로 세상에 뛰어드는 무사의 출사표였으며, 오랫동안 나를 지켜준 팬들에 대한 최소한의 예의였다.

함께 울고 웃으며 신나게 놀다가 별안간 눈물을 쏟고 말았다. 놀란 건 팬들보다 나 자신이었다.

'우리 교과서에서 배웠죠? 청소년기는 어른도 어린이도 아닌 주변인의 시기라고. 생각해보면 우린 죽을 때까지 주변인일 것 같군요. 시련과 극복 사이에서, 희망과 좌절 속에서, 유혹과 외면 속에서…. 지금 저는 현실과 낭만 가운데 주변인으로 서 있습니다. 여러 가지 이유 때문에 잠시 낭만을 뒤로하고 현실 속으로 뛰어들까 합니다. 시간이 지나면 이게 무슨 말인지 아실 겁니다. 또 얼마간 더 시간이 지나면 진짜 제 마음이 무엇이었는지 아실 겁니다. 이 공연의 제목과 똑같은 노래를 할 텐데 가수라는 게 참 재밌네요. 지금 상황에서 이 노래는 너무 아픈데 또한 그 아픔이 달콤하기도 합니다. '낭만이여 안녕, 친구들이여 안녕, 나의 모든 과거여 안녕. 하지만 우린 언젠가 다시 만날 날을 믿습니다.' 제가 가끔 불안해 보일 때는 꼭 이 노래를 생각하시기 바랍니다."

그리고 나는 오지 오스본Ozzy Osbourne의 〈굿바이 투 로맨스Goodbye to Romance〉를 불렀다.

2
/
무사의 길

행복한
키다리

/

"당신이 4시에 온다면 난 3시부터 행복할 거야."

어린왕자의 길들여진 사막여우처럼 난 관객을 기다린다.

한 번도 허투루 공연을 준비한 적이 없다. 몇백 번, 몇천 번 아무리 공연을 해도 무대에 오를 때마다 새롭고 떨린다. 항상 잘하고 싶고, 혹여 잘하지 못할까 봐 두렵고 겁이 난다.

무대에 처음 선 날부터 오늘날까지 변함없는 한 가지를 꼽으라면 공연 전 심장의 박동이 빨라지는, 이 달콤하고 묘한 긴장감일 것이다. 몇천 번 무대에 오르면서 공연과 관객의 의미, 공연과 관객을 바라보는 내 자세에 많은 변화가 있었다.

초창기에는 공연을 한다는 상상만으로도 가슴이 벅차서 관객의 얼굴을 쳐다볼 엄두도 내지 못했다. 관객과의 소통은 이상理想이었지, 현실에서는 그저 계획대로 실수 없이 해내겠다는 강박 때문에 제대로 공연을 즐기지도 못했다. 노래하는 가수가 즐기지 못하면 관객 또한 왠지 모를 불안과 긴장감 때문에 공연을 즐기기 힘들다. 관객의 진정한 욕구와 만족감을 눈치채지 못한다면 그날의 분위기에 발 빠르게 대처할 수 없기 때문이다.

어쩌면 그때는 가슴으로 노래하고 다가간다 생각하면서도 실제로는 설움에 복받쳐 일방적으로 소리쳤는지도 모른다. 그러던 어느 날 예상치 못한 순간, 관객들 표정을 찬찬히 응시할 기회가 있었고, 점점 더 신앙처럼 공연에 다가가게 되었다.

1993년 대학로 낙산아트홀 공연 때였다.

공연 전 화장실에 갔는데 관객으로 보이는 남자가 들어왔다. 김장훈이란 이름을 듣고 왔지만 얼굴은 전혀 모르는 눈치였다. 언더그라운드 라이브 공연은 이미 1집 앨범을 내기 전 1987년부터 해왔지만, 앨범을 냈어도 몇 년간은 여전히 '얼굴 없는' 가수였기 때문이다. 그가 내 옆에 나란히 서서 볼일을 보다가 물었다.

"오늘 나오는 가수 좀 아세요? 어때요?"

비밀스런 곳을 보이고 싶지 않았던 나는 슬쩍 방향을 틀어 남자에게 등을 보이고 말했다.

"아… 그게… 여자 친구랑 오셨어요?"

"네, 공연 되게 잘한다고 해서 오긴 했는데…."

"뭐… 언더그라운더인데 노래 죽인다 그러던데요? 작살이래요."

"그래요? 궁금하네…."

고개를 갸웃거리는 남자를 두고 먼저 나왔다. 소문과 달리 별거 아닌 공연이어서 여자 친구에게 밉보이지나 않을까 초조한 모습이 역력했다. 이유는 달라도 '나만 초조한 게 아니구나…' 하는 생각에 웃음이 났다. 온통 여자 친구에게 집중하는 남자와 공연에만 집중하는 나. 서로 방향은 달랐지만 무언가에 '집중한다'는 지점에서 우린 통했고 결국 소기의 성과를 얻어내기 위해 그에게도 나에게도 신나고 감동 있는 공연이 되어야 했다. 오늘 공연의 성공은 그의 성공이자 나의 성공이었던 셈이다. 이런 상황이 당황스럽기보다는 재미있었다. 무대에 선 나를 보고 놀랄 남자의 얼굴을 그려보니 계속 웃음이 났다. 초조한 기색이 안도와 환희로 바뀌는 순간을 상상하며 사명감 같은 것도 느껴졌다. 이런 걸 무명이 누리는 특혜라고 할까?

그 정도로 알려지지 않은 시기였으므로 오히려 행동반경의 제약이 덜했다. 유명가수였다면 함부로 화장실에 가거나 대기실 밖으로 출입하기도 어려울 텐데, 무명이었기에 반전(?)의 묘미도 누릴 수 있었다. 이런 면에서는 난 매사에 긍정적인 편이다.

오후의 햇볕은 따스하고 나른했다. 누구 눈치 볼 것도 없이 매표소 옆에 나가 담배를 피우고 자판기 커피를 홀짝거렸다. 기지개를 켜며 몸을 풀기도 하고 스타카토처럼 짧게 '아', '아' 외치며 발성도 해보았다. 아무도 눈길을 주지 않았다. 여유 있고 평범한 일상이었다. 무수한 사람들이 오가는 대학로 길바닥. 매표소 방향으로 오는 사람들을 보며 아카시아 나뭇잎으로 점을 치듯 관객인지 가늠해보기도 했다. 대부분 스쳐 지나가는 사람들이었다. 공연장엔 그나마 이름을 듣고 몇십 명이 찾아왔고, 열 명이 온 날도 있었다. 그래도 좋았다. 노래를 부르는 것만으로도 행복한 시간이었다. 그렇게 나는 내가 노래 부른다는 사실에만 집중했고, 내가 행복한 것에만 집중했다.

신의 계시는 평범한 일상에서 돌연 이루어진다고 한다. 그것을 포착하는 자만이 자신을 들여다보고, 영원히 흔들리지 않는 중심을 세울 수 있다. 내겐 공연이 그랬다. 아주 소소한 일상의 발견에서 시작해, 나의 행복에서 관객의 행복으로, 점차 신앙의 영역으로까지 재편되고 급기야 흔들리지 않는 중심으로 굳건히 자리 잡았다.

오후 4시, 티케팅이 시작되었다. 마지막으로 담배 한 대 더 피우고 들어갈 요량이었는데, 멀찍이서 처자 셋이 까르르 웃으며 다가왔다.

"세 명이오."

"여기요."

"와아~~~!!!"

단지 티켓을 받아 들었을 뿐인데 분위기는 거의 공연을 보고 나온 수준 이상으로 들떠 있었다. 연방 웃어대며 꼼꼼히 티켓을 들여다보는 처자들…. 별스러울 것도 없는 문구를 너무 열심히 읽으니 뭐 새로운 거라도 적혔는지 궁금해지기까지 했다. 난 슬쩍 티켓을 훔쳐보았고 그녀는 경계의 눈빛을 보내며 재빨리 티켓을 챙겨 넣었다. 그러고는 친구들 팔짱을 끼고 다시 깔깔거리며 신나게 걸어갔다.

나는 마지막 담배 한 모금을 정성스레 빨아들이며 오후 햇살 사이로 멀어져가는 처자들의 뒷모습을 잠시 더 바라보았다. 참 해맑았다. 그때까지도 웃음소리가 들려왔다.

"내 공연이 그렇게 좋을까?"

뒤돌아 공연장으로 들어가다가 나도 모르게 튀어나온 말이다.

'내 공연을 보러 오는 게 저렇게 들뜨고 설레는 일이라니 다시 생각해봐야겠네. 공연이란 게 그냥 해서 될 게 아니구나. 사람들이 저렇게 행복해하는데 말야.'

갑자기 뒤통수를 한 대 세게 얻어맞은 느낌이었다.

살면서 흔치 않은 경험을 할 때가 있다. 공연 전 매표소에서 티케팅하는 사람들의 표정을 본 가수가 몇 명이나 될까? 감사하게도 난 그런 경험을 했고, 관객의 관점에서 공연을 바라보는 기회를 갖게 되었다.

이름만 알려지고 얼굴은 모르는 가수. 암흑 속을 더듬더듬 헤매는 것 같았고 이따금 쓸쓸하고 외로웠지만 그런 날이 있었기에 지금까지 3천회의 공연을 이어올 수 있었다.

공연이 시작되자 사람들은 깜짝 놀랐다. 길가던 행인이겠거니 했던 매표소 옆 키다리 남자. 무념무상의 얼굴로 담배를 물고 있던 남자가 오늘 무대의 주인공이라는 사실이 믿기지 않는 얼굴들이었다.

"저 사람이 가수였어?"

여기저기 웃음이 터졌다.

"아까 화장실…"

화장실에서 마주친 남자의 얼굴이 달아올랐다.

"내가 가수야, 그게 바로 형이야."

웅성거리던 관객들이 이내 눈치를 채고 웃음보를 터트렸다. 한바탕 웃었으니 오늘도 힘을 받아 달리면 됐다.

"그냥 아무것도 의식하지 않고 오로지 나는 내 친구들하고 논다… 그런 마음으로 시작하려 합니다. 오늘 무대의 주인공은 제가 아니라 바로 여러분입니다."

가수의 날? 관객의 날!

'가수의 날'이란 게 있다. 난 이날을 '관객의 날'로 바꾸자고 주장한다.

관객이 있어야 가수가 존재한다. '관객의 날'이 없는데 '가수의 날'이라니 이치에 맞지 않는다. 가수가 빛이 나는 건 관객 덕분이니 관객을 높이면 절로 가수도 높아진다. 관객이 없다면 가수의 공연이 무슨 소용 있는가. "당신들을 위한 날이니 오셔서 즐기세요"와 "나의 날에 축하하러 와주세요"는 매우 뉘앙스가 다르다.

관객은 가수를 품은 낱말이지만 가수는 독자적 낱말이다. '무엇을 보거나 듣는 사람'이라는 관객은 행위의 주체(가수든 배우든)를 전제로 한 말이지만 가수는 '그냥 노래하는 것이 직업인 사람' 하나만을 지칭한다. 즉 관객의 날은 가수의 날을 포함할 수 있는데 가수의 날은 관객의 날을 포함할 수 없다는 이야기다.

가수의 날을 관객의 날로 바꾸고, 기업과 지자체들의 협찬을 받아 전국에서 무료 공연을 펼치기를 소망한다. 그날은 노 페이, 노 개런티, 노 티켓! 장소의 구애 없이 동네 어귀에서도, 한강 둔치에서도 공연을 한다. 주경기장에서, 광장에서, 거리에서도 신명 나게 논다. 그날 하루는 온 나라가 음악 축제다. 빈부의 구별 없이, 소외된 계층 없이 누구나 와서 공연을 보고 즐길 수 있다. 평소에 큰 무대에 서던 가수들이 동네 어귀 작은 무대에서 통기타로 노래 부르고, 좀처럼 무대에 서기 힘든 인디밴드들이나 무명 가수들은 시스템이 좋은 대형 공연장에서 노래를 부른다. 그날 하루만은 음악 앞에 차별받는 사람 없이 가수도, 관객도 음악 안에서 자유롭고 행복하도록 만들어보자는 이야기다.

무사의 길 /

노래를 한다는 건 어쩌면,

무사의 길 같다는 엉뚱한 생각을 한 적이 있다.

무사는 자신을 알아주는 군주를 위해 모든 걸 걸며,

살점이 떨어져나가는 한이 있더라도

늘 진검승부를 해야 하며,

그로 인해 언제 끝날지 모르는 삶 앞에서

사랑하는 사람을 두지도 못할 듯하다.

어떤 이는 나를 몽상가라 할 수도 있겠다.

가끔은 나도 내가 미친 사람 같다.

하지만 어찌하다 보니 그 길에 들어와 있었고,

그건 묘하게도 자연스럽다.

내겐 관객이 군주고,

매일 내지르는 소리가 진검이며,

아직도 척박한 현실에서 끝없이 무대에 오르느라

늘 벼랑 끝에서 바람을 맞느라

사랑하는 법마저 잊은 듯하다.

어떤 사람은 충고를 한다.

보기에 안쓰러우니 생각을 좀 바꿔보라고….

하지만 행복은 각자의 이유,

이것이 나에겐 행복이고 무대만이 요람이다.

— 2002년 어느 날의 낙서 중에서

관객은
나의 군주

/

1998년, 〈나와 같다면〉이 뜨고 나서 공연장의 판도가 달라졌다. 일명 '교복부대'라 불리는 고등학생 친구들이 객석의 반 이상을 차지하고, 지금의 아이돌이 무색할 정도로 발길 닿는 곳곳이 어린 팬들의 함성으로 들끓었다. 공연은 연일 매진되었다. 나는 사는 것이 아니라 살아지는 느낌으로 하루하루 정신없이 스케줄을 소화해냈다. 더구나 그때는 발목을 크게 다쳐 목발까지 짚고 활동하던 때였다. 환희와 열광 속에서 내 정신은 길을 잃었고, 내 육체만이 이미 익숙해진 몸놀림을 힘겹게 수행했다.

기분이 이상했다. 그러나 생각 같은 걸 할 여유가 없었다. 당장 눈앞의 일정을 소화해내야 했다. 육체는 현실에 발을 딛고 있는데 정신은 물 위의 기름처럼 둥둥 떠다니는 것 같았다.

그러던 어느 날, 공연을 하는데 입으로는 노래를 하면서 정신은 완전히 낯선 곳에 홀로 내동댕이쳐진 느낌이 들었다. 환호하는 사람들의 모습이 슬로비디오처럼 지나가고, "와~" 하는 소리가 꿈결처럼 들리다가 적막해지는 순간, '화이트아웃'이 찾아왔다.

여기가 무대인지 객석인지, 내가 무대 위에서 정신을 잃은 건지, 아니면 무대 위에 서 있는 꿈을 꾼 건지 분간할 수가 없었다. 무심결에 4차원 세계에 빨려들기라도 했을까? 더는 아무것도 생각할 수가 없었던 나는 멍청하게 서 있었다.

다시 정신이 들었을 때, 놀랍게도 나는 노래를 부르고 있었다. 눈앞에는 행복한 모습의 관객들이 나를 쳐다보며 나직이 노래를 따라 부르고 있었다. 도무지 어떻게 된 일인지 영문을 알 수가 없었다. 꽤 긴 시간 공연을 놓쳤다고 생각했는데 그 시간은 고작 1, 2초에 불과했다. 아찔했다. 다시는 정신을 놓지 않으리라 마음을 다잡으며 무사히 공연을 끝냈다.

"아까 나… 혹시 노래하다 넋이 나갔어? 이상하지 않았어?"

"아뇨, 별거 없었는데. 그냥 간주 때 잠깐 멍하니 서 있었던 것 빼고는…"

"큰 실수는 없었지?"

"전혀요."

안도의 한숨이 나오고 급격한 피로감이 찾아왔다. 생각을 거슬러 상황을 되짚어보았다. 조금 전 상황은 무의식의 발로로서, 급격하게 변화된 환경에 내 이성이 미처 따라가지 못해 발생한 일이었다. 잠깐이지만 생각할 여유를 달라고 머리가 일종의 시위를 벌인 것이다.

'내가 지금 무대에서 이렇게 왕처럼 군림하는데… 그전에는 왜 이렇게 안 됐을까? 그렇지, 시절이 그러니까. 문명의 이기인 TV를 이용해 스타가 됐어. TV에 얼굴이 나오고 히트곡이 나오니까 사람들이 나를 왕처럼 대하네? 어딜 가든 나 때문에 난리야. 원하는 데 안 가주면 욕을 하고…. 어쩌란 얘기야 나보고….'

'가수가 뜨면 맛이 간다며? 왜 맛이 갈까? 겸손하지 못해서? 그런 건 아닌 거 같아…. 아, 뭐지? 그럼 뭐지?'

그러다 생뚱맞게 이런 생각이 들었다.

'내가 없으면 어떻게 될까? 왕 같은 내가 사라지면…?'

내가 찾은 답은 '별일 없음!' 각자 추억에 차이만 있을 뿐, 세상은 똑같이 돌아갈 것이다. 그렇다면 역으로 지금 환호하는 이 사람들이 없으면?

'난, 아무것도 아니네!'

정신이 퍼뜩 들었다.

'그런 거구나…. 관객이 없다면 난 아무것도 아닌 존재구나…. 그렇다면 관객이 나의 군주였잖아.'

순식간에 왕에서 무사로 자리가 바뀌었다. 더불어 물 위의 기름 같던 정신이 현실에 발을 딛고 있는 육체에 안착되는 느낌이었다. 비로소 오랜만에 깊은 잠을 잘 수 있을 것 같았다.

몇 번 더 그런 순간을 겪으며 관객들 앞에서 겸허해졌다. 공연은 한층 치열해지고 격정적으로 변화되었다. 노래만 잘하는 것으론 뭔가 부족했다. 왜냐하면 '그 사람들이 없으면 아무것도 아닌' 내 앞에 그들이 관객이란 이름으로 와 있기 때문이다. 그리고 1993년 대학로 낙산아트홀의 4시, 황금빛 햇살 사이로 티켓을 산 처자들의 충만한 얼굴, 공연을 기다리며 행복에 들뜬 그 얼굴들을 내가 기억하는데 어떻게 공연에 욕심을 부리지 않을 수 있단 말인가!

/ 초심은 잃었다.
나는 다만 중심을 잃지 않으려고
안간힘을 쓰며 살아갈 뿐이다.

이벤트,
그 궁극의 휴머니즘을 위하여

/

1998년 즈음 부산 MBC에서 일주일에 한 번씩 라디오에 출연한 적이 있다. 그때 청취자들의 사연을 받다가 부산에서는 거의 눈을 볼 수 없다는 사실을 알게 되었다. 그리고 예의 그 '관객병'이 도져 일을 저지르고 말았다.

공연장 옥상에 1,500만원을 들여 제설기를 설치해 공연장에서 나가는 관객들에게 눈을 뿌렸다. 사람들이 비명을 질러댔다.

"눈이다~~! 눈이야~~~!"

그런데 10미터쯤 공연장을 벗어나니 눈이 멈춘다. 그 순간 앞 건물에서 이렇게 쓴 플래카드가 떨어진다.

"고마와요, 부산팬들. 또 올게요 김장훈."

몇몇 여자 관객들은 주저앉아 감동의 눈물을 흘리기도 했다. 공연이 끝나고 온몸이 땀에 젖은 상태로 옆 건물 옥상으로 재빨리 달려가 몰래 그런 모습들을 지켜보았다. 나도 눈물이 날 만큼 행복했다.

이벤트란 그런 것이다. 다 큰 어른들이 주저앉아 펑펑 울게 만들 수도 있는 그런 것. 나중에 안 일이지만 부산말로 '고마와요'는 '그만 와요'라는 뜻이어서 부산 팬들이 많이 웃었다고 한다.

"김장훈 씨에게 이벤트는 무엇을 뜻합니까?"

"궁극의 휴머니즘입니다."

나는 사람들에게 공연 이상의 공연을 선물하고 싶다. 이것이 내가 공연을 준비할 때 더 힘들기도 하고 더 설레기도 하는 이유다. 공연을 보고 난 후 관객들이 그저 "재밌었어. 노래 잘하네"라는 평가를 끝으로 당장 살아내야 할 힘든 현실에 한숨짓는 귀로가 아니라, 무언가 위로받고 다시 한 번 살아야겠다고 힘을 받아 돌아가기를 원한다. 그러기 위해 관객들은 마음껏 소리를 내지르며 숨통을 터야 했고, 신들린 듯 뛰어올라 묵은 고통을 털어내야 했다. 그래야 자신도 몰랐던 자기 자신과 대면하여 스스로를 용서하고 화해하며 다시 사랑할 수 있을 것이다. 내 안의 나를 찾아 스스로를 위로하고 사랑하는 일. 그 일이야말로 삶을 지속하게 해주는 가장 큰 원동력이 아닐까?

그러므로 나는 그들이 누구의 눈치도 볼 것 없이 자신을 드러내고 표출할 수 있도록, 그 누구보다 자유로울 수 있도록 그들을 기쁨과 환희와 열광으로 안내할 책임이 있었다. 의지가 있다고 신나게 놀 수 있는 건 아니다. 신나는 현실 앞에 서면 저절로 그리 된다. 그래서 나는 현실에서 실현되기 힘든 판타지를 공연장이라는 공간 안에서 그들의 눈앞에 현실로 펼쳐 보인다. 도저히 앉아서 가만있을 수가 없어서 일어서도록, 가만히 서 있지 못하고 뛰어오르도록, 가슴이 터질 것 같아서 소리지를 수밖에 없도록, 그리하여 자기 안의 혁명이 일어나도록!

우리 모두는 숨을 쉬고 산다. 숨을 쉬지 못하면 당장 죽겠지만 우리는 모두는 그 사실을 자각 못한 채 숨을 쉬면서 살아간다. "나는 이렇게 숨을 쉬는데 당신은 어떻게 숨을 쉬세요?"라든지 기자회견을 열어 "저번엔 이렇게 숨을 쉬었는데 이번엔 이렇게 숨을 쉬려고요"라고 말하지도 않는다. 그건 생명 유지의 기본이며, 인간이라면 태어나는 순간, 가르쳐주지 않아도 저절로 하는 일이기 때문이다. 그렇다면 가수에게 노래는 어떤 의미일까? 가수가 공연장에서 노래 부르는 일이 별스러운 일일까? 노래 부르는 일이 가수에게 특별해서 떠들어대야 하는 일이라면 애당초 '가수'라는 이름을 갖는 일조차 모순일 것이다. 가수는 당연히 노래 부르는 사람이고, 노래는 말로 설명할 필요가 없다. 그냥 노래를 부르면 그만이다.

노래는 노래로 말하면 될 일!

공연장의
모순

/

어른들 마음에는 어린아이가 있다. 아픈 아이도, 외로운 아이도, 즐거운 아이도 있다. 내게는 아픈 아이가 있다. 늘 아파서 팔에 링거를 꽂고 멍하니 창밖만 바라보는 아이가 미처 자라지 못한 채 살고 있다.

난 정말로 날고 싶었다. 어린 시절 병실 창문 너머 그 하늘을 얼마나 날아보고 싶었는지…. 누구나 어린 시절, 어떤 이유로든 한 번쯤은 날아보길 꿈꾸지 않은 사람이 있을까? 욕망은 본래 닿을 수 없는 곳에 있지 않은가. 날개 없이 땅에 발을 딛고 사는 인간으로서 하늘을 욕망하는 건 어쩌면 너무 당연한 결과이리라. 그 물리적 꿈이 어른이 되면 관념적으로 변해서 누군가는 성공 가도를 향해, 누군가는 부유함을 향해 훨훨 날아가고 싶겠지. 그리고 궁극적으로 희망하는 모두의 도착지는 '행복'이겠지. 그래서 나는 어린 날의 꿈을 담아… 날았다! 사랑하는 관객들 위로 훨훨 날아다니며 자유했다.

이벤트가 궁극의 휴머니즘이라면 와이어 공연은 목숨을 건 휴머니즘이다!

공연에 목숨을 건 사람으로서 항상 안타까운 게 있다. 자본주의의 폐해가 가장 적나라하게 드러나는 곳 중 하나가 바로 내가 사랑하는 공연장이라는 점이다.

나라마다 공연을 즐기는 방식은 다르지만 좋아하는 뮤지션을 조금이라도 더 가까이에서 보고 싶은 마음은 인지상정이다. 그럼에도 서구에서는 뮤지션과의 물리적 거리에 크게 얽매이지 않고, 같은 공간에서 같은 문화를 공유하고 즐긴다는 사실에 더 큰 의의를 둔다. 뮤지션의 얼굴이 보이든 안 보이든 그 역사적(?) 현장에 '내'가 있다는 사실을, 그 상황 자체를 즐거워한다.

반면 우리나라에서는 듣는 것에 더해 보고자 하는 욕망이 강하다. 노래를 부르는 뮤지션과의 물리적 거리가 가까울수록 공연에 대한 만족도가 높아진다는 말이다. 그가 흘리는 눈물과, 그가 흘리는 땀방울과, 그가 내뱉는 거친 호흡을 가까이서 직접 보고 느껴야만 뭔가 제대로 공연을 즐겼다고 생각한다. 하지만 공연장의 좌석은 공평할 수가 없다. 가격 때문에, 구획 때문에, 거리 때문에 모두 똑같은 마음으로 공연을 보

지 못한다. 이런 이유로 멀리서 보는 사람은 어쩌면 소외감마저 느낄지
도 모르겠다.

1998년 12월 서울 정동A&C극장의 연말 공연도 다르지 않았다. 크
리스마스에 쌍쌍이 온 연인들을 바라보며 흐뭇해하다가도 2층 맨 구석,
무대가 잘 보이지도 않을 곳에 앉아 있는 연인을 보면서 왠지 울컥하는
마음을 어쩔 수 없었다.

그들은 아무렇지도 않은데 오지랖 넓은 나 혼자만의 생각일지도 모
른다. 하지만 어쨌든 돈으로 구획된 자리라는 것만은 명백한 사실이다.
그때 난 처음으로 이러한 현실에 대항해 무언가 해결책을 찾겠다고 마
음먹었다.

"1층~~~."

"와~~~~!"

"2층~~~~~."

"와~~~~~~!"

"전체~~~~~~~."

"와~~~~~~~~~!"

"2층 어때요? 잘 보여요?"

"에이~~~~ 우~~~~~."

귀여운 원성이 터져 나왔다.

"2층 관객들은 맘이 좀 그렇죠? 그 마음 제가 잘 압니다. 그래서 제가 2층으로 가고 싶은데 딱히 방법이 없네요. 내년에는 날아가든 뭘 하든 어떻게든 갈 테니까 오늘은 마음 멀리 두지 마시고 똑같이 즐겨요, 우리. 내년엔 약속 꼭 지킬게요."

"와~~~~~~~~~~~~~~~~~~~~!!!"

약속 II

/

"저기… 사람들한테 기쁨을 주고 싶은데 와이어가 꼭 필요해서요…."

"와이어요? 어떻게 하시려고…?"

"와이어에 매달려서 2층까지 날아가려고요. 작년에 관객들과 약속했거든요."

"되게 감동적이겠네요. 그럼 하시면 되잖아요."

"근데 문제가… 이 공연장에 와이어를 매달 데가 없던데요?"

"그럼 어떻게 날아가시려고요?"

"그게 저… 음… 벽을 뚫어야 할 거 같은데요…."

"네에?"

극장주는 눈이 휘둥그레졌다. 나는 가슴이 조마조마했다.

1998년, 관객들과 약속하고 나서 딱 1년 뒤, 다시 같은 무대에서 공연이 잡혔다. 다행스럽게도 예정된 12회 공연이 사전에 모두 매진되었다. 이제 자금이 확보되었으니 사전 매진이라는 관객들 성원에 보답할 방법은 1년 전의 약속을 지키는 일뿐이었다.

아무리 생각해도 1층을 거치지 않고 2층으로 가려면 와이어를 연결해 날아가는 방법이 최선이었다. 그런데 공연장 구조 그대로 와이어를 설치하기엔 벽이 너무 약했다. 안전사고 위험을 줄이려면 불가피하게 벽을 뚫어야 했다. 극장주에게 거듭 완벽한 복원을 약속하며 양해를 구하기 얼마간, 드디어 그가 입을 열었다.

"저도 뭐 문화의 한 축을 담당하는 처지로서 그렇게까지 관객 생각을 하시는데… 거절을 못 하겠네요. 뚫으세요."

정말 원하던 대답이었지만 흔쾌히 허락해주는 그에게 깜짝 놀랐다. 보통은 집에 못 하나 박는 것도 싫어하지 않는가.

'야, 이 사람… 멋진걸!'

공사는 순조롭게 진행되었다. 천장 가득 은하수도 붙였다. 뭐니 뭐니 해도 별빛 가득한 밤하늘을 나는 게 최고니까. 나는 신이 나서 뛰어다녔고 지인들은 걱정 반, 두려움 반으로 내 도전을 지켜보았다. 사실은 나도 그랬다. 하지만 그 한순간만 생각했다. 모든 관객이 행복해할 그 한 순간, 그 순간에 대한 설렘에 이내 걱정과 두려움은 묻혀버렸다.

드디어 공사가 끝나고 무대 세팅까지 완벽하게 마친 날, 심장이 마구 요동쳤다. 설레고 즐거운 마음이 두려움과 흥분으로 대체되며 잘해낼 수 있을지 걱정이 밀려왔다. '아, 어쩌자고 이런 일을 벌였을까… 더구나 고소공포증도 있는 내가…?'

공연 당일, 아무것도 모르고 해맑게 웃는 관객들 앞에서 나는 곧 터질 듯한 심장을 달래느라 숨을 헐떡여야 했다. 그럴수록 객석에선 환호와 열광이 커져갔다. 그리고 대망의 시간….

"여러분, 사는 게 힘들죠?"

"네!"

"사는 게 힘들어서 하늘을 언제 봤는지 기억도 안 나죠?"

장내가 술렁거렸다.

"…네!"

"오랜만에 하늘 한번 보실래요?"

그러자 관객들은 일제히 천장을 올려다보았다. 〈마법의 성〉 전주가 시작되면서 일주일 동안 30명이 작업한 작은 전구 3만 개에 불이 들어왔다. 꼬박 일주일 동안 은하수를 만드는 작업을 했다. 객석에서는 환호가 터져 나왔다.

"〈마법의 성〉 노래 아시죠? 제가 예쁜 하늘을 준비했으니까 1절은 여러분이 부르세요."

"…두 손을 모아 기도했죠, 끝없는 용기와 지혜 달라고…."

사람들은 어린아이 같은 얼굴로 노래했다. 그동안 나는 깜깜한 무대 뒤에서 와이어에 매달려 생애 첫 비행을 위한 준비를 했다. 그리고….

"…우리의 몸이 떠오르는 것을 느끼죠…!"

"자유롭게~!"

그때 난 2절 첫 소절을 부르며 객석으로 날아갔다. 그 짧은 몇 초 동안 그토록 날기를 소망했던 어린 날 병실에서부터 지금까지의 시간들이 주마등처럼 스쳐갔다.

"저 하늘을 날아가도 놀라지 말아요."

정신을 차려보니 나는 2층 관객 앞에 떠 있었다.

그리고 이렇게 얘기했다.

"내가 작년에 약속했죠? 멀리 안 둔다고 2층…."

관객들이 탄성을 쏟아냈다. 어깨를 들썩이고, 발을 구르고, 더러 펑펑 우는 사람들도 있었다. 눈물과 웃음은 전염이 되는 걸까? 아름다운 전염…. 나도 따라 눈물이 났다.

지금도 정확하게 기억한다. 그날의 분위기와 숨소리까지도. 첫 비행에서 바라본 2층 관객들의 그 행복한 표정과 눈물…. 그 풍경은 내 인생의 베스트 샷이다.

소녀의 편지

…공연장에서 밤하늘을 날아가는 오빠를 봤어요. 그렇게 오빠는 어린 시절, 창문 너머 꿈꾸던 하늘을 훨훨 날아가더군요. 눈물이 났어요. 사실 전 사는 게 너무 힘들어서 자살을 하려고 했는데… 오빠가 날아가는 걸 보고 뭔지 모를 희망을 봤어요…. 저 잘 살려고요. 저도 어딘가에 있을 제 꿈을 찾아 다시 한 번 살아보려고요…. 고마워요 오빠.

한 자 한 자 손으로 눌러 쓴 여고생의 편지. 선물은 내가 준비했는데 정작 선물을 받은 사람이 나인 것 같았다. 그날 날아오른 건 나 혼자만이 아니었다.

공연을 하다 보면 객석의 모든 사람이 똑같은 표정을 짓는 순간이 있다. 너와 나 구별 없이 모두가 어린애처럼 말간 눈으로 웃는다. 그런 순간이면 다른 어떤 감정도 끼어들지 못할 환희와 기쁨으로 가득하다. 그 행복한 얼굴들이 나

하나만 바라보는 순간, 나는 눈물이 난다. 그건 항상 등이 서늘하게 살아온 내게 외투처럼 주어진 생의 선물이었다. 잘 견뎌냈다고… 겁쟁이 김장훈, 용기 내어 잘 살아왔다고… 앞으로도 그렇게 열심히 살라고….

이벤트의 궁극은 휴머니즘이다. 혹자는 그저 단순히 재미를 추구하는 오락으로 치부할지 모르지만 이벤트는 죽어가는 사람도 살릴 만큼 숭고한 것이기도 하다.

또한 이벤트는 행복이다. 나는 살면서 행복해하는 여러 얼굴을 보았다. 내가 노래를 했을 때, 재밌는 얘기를 했을 때, 또 예전에 DJ를 하면서 신청곡을 틀어주었을 때 사람들의 행복해하는 표정은 모두 달랐다. 난 그 여러 가지 행복을 사람들한테 나누어 주고 싶다. 그건 결국 나를 위한 일이기도 하다. 상대편이 웃거나 행복해하는 모습을 보는 게 내겐 제일 행복한 일이기 때문이다.

세상에서
가장 큰 공연

/

수많은 형태의 공연을 해왔다. 대학로의 100석짜리 충돌소극장에서 시작해 2천 석, 3천 석… 그토록 꿈꾸던 체조경기장 공연, 그리고 올림픽 주경기장의 5만 석짜리 공연까지. 그중에서도 나는 홍대 앞 클럽에서 하는 공연을 제일 좋아한다. 클럽에서는 100명 남짓한 사람들이 자유롭게 앉아 술도 마시고 서로 친구처럼 반말을 하는 가운데 공연이 이뤄진다. 그처럼 격의가 없는 것이 클럽 공연에서 우리끼리 정해진 문화다. 클럽 공연장은 무대에서 제일 뒷줄 관객의 모공까지 보일 정도로 무대와 객석이 가깝다. 그 작은 공연의 제목을 난 '세상에서 가장 큰 공연'이라고 지었다. 사람들이 물어본다.

"올림픽 주경기장 공연이 제일 큰 공연 아닌가요?"

"그렇지."

"근데 왜 클럽 공연 제목이 '세상에서 가장 큰 공연'이에요?"

"관객이 되어 생각해봐. 가수로선 올림픽 주경기장 공연이 제일 큰 공연이지. 그런데 관객 편에서 보면 올림픽 주경기장에선 중간 자리만 돼도 가수가 보이지 않아. 뒤쪽은 영상으로도 잘 안 보이지. 그럼 그게 과연 큰 공연일까? 그러니까 나의 지론은, 관객 입장에서는 가수가 잘 보이는 소극장 공연, 즉 공연장이 작을수록 큰 공연이라는 거야."

가수 생활을 20년 넘게 하다 보니 여러 면에서 직업철학, 자기철학이 자리를 잡게 되었다. 그중 하나가 큰 공연은 규모가 아닌 의미와 배려를 말하는 것이라는 신념이다.

공황장애,
허무의 끝에서 하루를 생애처럼

/

어느 날 갑자기 노래가 설레지 않았다. 그렇게 소리치고 싶어 견딜 수가 없었는데 무대가 간절하지 않았다. 한순간이라도 노래 부르지 못하면 죽을 것 같았는데 더는 절박하지 않았다.

2003년, 이보다 더 좋을 수는 없을 때였다. 나오는 앨범마다 히트곡을 터트리고 공연은 언제나 매진이었다. 외로움이라는 말은 생각도 못할 정도로 팬들에게 사랑받고 바쁜 스케줄에 눈코 뜰 새 없었다. 세상에서 누리고 싶은 건 무엇이라도 누릴 수 있었다. 그런데 왜 행복하지가 않을까?

벼랑 끝 같은 엄청난 슬픔과 절망 속에서도 노래를 불렀는데 막상 맘 편히 노래 부를 환경이 되자 오히려 노래가 간절하지 않았다. 그렇다면 역으로 절망과 고통이 내 노래의 힘이었단 말인가?

'바로 그거였구나…'

내 노래는 슬픔과 절망에서 길어 올린 노래였다. 절망의 끝에서 삶을 향해 질러대던 간절함이 사람들 마음을 움직였다. 그런데 모든 것이 풍요로워진 지금 절박함이 묻어나질 않았다.

내 겉모습은 거대해졌지만 속은 텅 빈 풍선 같았다. 한번 터지고 나면 아무것도 아닌 풍선. 풍선이 터지기 전에 일단 멈춰야 했다. 계속 노래를 한다면 관객을 속이고 스스로를 기만하는 일이었다. 다시 중심을 잡아야 했다.

한순간에 모든 것을 중단하고 미국으로 떠났다. 아무 미련도 없었다. 벼랑 끝에서 벗어나자 진짜 벼랑 끝으로 나 자신을 스스로 내몬 것이다.

미국에서 나는 유명 뮤지션도 아니고, 아무것도 아니었다. 세상에 발가벗겨 내던져진 이방인일 뿐이었다. 나를 사랑해주는 팬들도, 가족도, 돈도 없는 세상에서 도대체 나는 무엇인지를 끊임없이 자문했다. 스스로 모든 자격을 박탈한 채 마주한 낯선 세상은 면벽 수행 같은 고행길이었으며 극한의 고통이었다. 어느 순간 나는 스스로를 잃어버리고 헤매게 되었다. 숨을 쉴 수가 없었다.

갑자기 세상 모든 게 두려워졌다. 더는 노래하지 못할 것 같다는 절망감이 몰려오면서 2002년 7월의 공포가 되살아났다. 공연장에서 추락해 어깨뼈가 부서졌을 때, 너무 아프고 무서워 차라리 죽고 싶던 그 때… 내가 무슨 일을 당한 건지 내 모습을 바라보기가 두려웠던 고통… 그리고 어린 시절의 외로움, 수많은 사고, 병실에서의 3년, 닥치는 대로 살아냈던 청소년 시절… 그 모든 것이 오롯이 떠올랐다. 그때부터 몇 날 며칠 이유 모를 불안감에 안절부절못했다.

멀쩡히 웃다가도, 밥을 먹다가도, 길을 걷다가도 갑자기 가슴이 뛰고 숨 쉬기가 힘들어 주저앉곤 했다. 온몸의 감각과 땀구멍까지 모두 열린 채 정신은 해체되었다. 나는 무장해제를 당해 전장에 내던져진 군인처럼 세상 모든 자극에 무방비로 노출되었다. 가슴을 부여잡고 생각해봐도 도무지 이유를 알 수 없었다. 그저 엎드려 숨을 크게 내쉬다가 고통이 심해지면 바닥을 뒹굴 뿐이다. 점점 그런 증상이 자주, 길게 찾아왔다. 급기야는 밀려오는 고통 앞에서 이럴 바엔 차라리 단숨에 죽여달라고 애원하게 되었다. 방 안의 사면이 점점 공포 속에 죄어왔고 급기야는 뛰쳐나가 병원으로 내달릴 수밖에 없었다.

"공황장애입니다."

'공황장애'라고 했다. 뚜렷한 이유 없이 갑자기 죽거나 미칠 것 같은 공포가 되풀이되는 병이었다. '정신 질환이라….' 눈앞이 아득했다. '드디어 미쳤군, 정말 최악이야'라고 생각하는데 알 수 없는 웃음이 터져 나왔다. 모를 땐 무서워도, 알고 난 후에는 그런 나를 인정하고 다시 가벼워질 수 있다. 비록 고통이 계속된다 해도…. 한편으론 뭔가 설레는 기분도 들었다.

　'바닥을 쳤으니 이젠 다시 노래하면 되겠군. 그대로 앞으로 고꾸라지든, 뒤로 넘어지든 벼랑 끝으로 되돌아왔으니… 결국은 내가 원하는 걸얻은 거야.'

　다시 시작하려면 끝을 보아야 했고, 끝을 보았으니 다시 시작할 수 있었다. 공황장애는 오히려 축복이었다. 불안한 정신세계는 역으로 안정을 갈망했다. 안정이란 내게 노래와 공연을 의미했으므로, 결과적으로 공황장애가 다시금 노래와 공연에 대한 갈망을 불러일으켰다. 공황장애로 인해 나는 1년 만에 다시 무대로 돌아왔다. 한층 필feel이 좋아졌고 다시 간절히 노래하게 되었다. 관객들은 변함없는 사랑으로 나를 반겨주었다. 다시 무대였다.

귀여운 공황장애

공황장애는 영어로 '패닉 어택Panic Attack' 혹은 '엥자이어티 어택Anxiety Attack' 이라고도 한다. 쉽게 말해 염려증이다. 주로 폐소공포증, 고소공포증 등의 증상이 있으며, 운전을 하다가 갑자기 차선 변경을 못 한다거나 아무 상관도 없는 사람이 위해를 가할까 봐 계속 가슴이 두근거리는 등 수없이 많은 증상이 있다. 그런데 귀여운 공황장애도 있는 듯하다.

내 증상은 굳이 말하자면 폐소공포와 피해망상이다. 일상에서의 잡다한 격정도 끊이질 않았는데 공연 중 사고에서 비롯된 것이었다. 길을 갈 때도 주변 사람들이 부주의로 다칠까 봐 늘 주위를 둘러보며 걷는다. 가장 걱정되는 건 사람들이 걷다가 머리 높이에 있는 간판에 머리를 부딪치지나 않을까 하는 것이다. 그래서 가끔은 모르는 사람을 불러 주의를 환기시키기도 한다.

"저기요…."

"네? 어? 김장훈이다!"

"김장훈이 중요한 게 아니고요, 저 앞 간판에 머리 부딪치지 않게 조심하세요."

"아, 네에…."

주의받은 사람은 대답한 후 뭔가 이상하다는 표정으로 걸어간다. 그제야 나는 안심이 되어 가던 길을 간다.

부작용도 있다. "저기요" 하고 불렀더니 대답하려고 돌아본 순간 간판에 머리를 부딪친 사람도 있다.

빡~!

"아, 아… 무슨 일이에요?"

순간 당황해서 뭐라고 말해야 할지 몰랐다.

"아, 아니요. 아는 사람인 줄 알고…."

그러고는 잽싸게 도망쳤다.

그 밖에도 공황장애 때문에 말도 안 되게 재밌는 일들이 많이 일어난다. 공황장애를 앓는 사람이 있다면 경험자로서 이것만은 꼭 알려주고 싶다.

나는 극복을 해냈고, 몇 년간의 경험과 사례를 통해 볼 때 본인의 노력 여하에 따라 반드시 공황장애를 완치할 수 있음을…. 공황장애는 100퍼센트 극복 가능하다.

세상에 없는
세상

/

몇 년 전 심각하게 고민한 문제가 하나 있다. 나는 늘 세상을 이분법적
으로 바라보고 살았다. 무대와 무대 이외의 세상. 그런데 무대 이외의
세상도 오로지 무대를 위해서 돌아갔다.

'생각해보니 이분법도 아니군. 무대라는 세상 하나만 있는 거네.'

사실 이 고민의 시작은 내가 인간이라는 데서 비롯되었다. 타인의 일
이나 세상사에 대해 다른 사람보다 조금 더 깊이 공감하고 몰입하는 데
서 생겨난 것이다.

노래 이외의 세상일에 대한 참여가 점점 늘어났다. 그 모든 것은 소

신에 따라 반드시 해야 할 일이었다고 생각한다. 그런데 문제는 그로 인해 그 이분법적 사고가 깨지기 시작했다는 것이다. 세상은 무대와 무대 이외의 세상으로 이루어졌고, 무대 이외의 세상도 무대를 위해 돌아가야 한다는 철학을 가지고 살아가던 나로서는 중간에서 갈피를 잡지 못했다.

가슴이 시키는데 세상에 등을 돌릴 수도 없고, 그러자니 무대는 그만큼 축소되었다. 난 그 사이에서 무척 혼란스러웠다. 그러던 어느 날 명쾌한 답을 찾았다.

데뷔 때 했던 인터뷰에 이런 말이 있다.

"노래는 생각의 반영이고 생각은 생활의 반영이다."

즉 간절한 노래를 하고 싶다면 나의 생각은 늘 무언가를 갈망해야 하며, 나의 생활은 늘 무언가를 갈망할 수밖에 없는 현실이어야 한다. 내가 옳다고 생각하는 일이면 소신을 가지고 일단 뛰어들어야 한다.

"노래는 성대로만 부르는 게 아니라 성대를 통해 '가슴'으로 부르는 것이다."

가수는 세상을 노래하는 사람이다. 노래는 가슴으로 부르는 것이고 성대는 통로일 뿐이다. 성대로만 하는 건 노래가 아니라 기교다(물론 기교도 좋아야 한다. 그래서 수도 없이 연습을 해야만 한다).

그런데 내 가슴에 있는 세상을 등지고 무대에 올라갔을 때 노래가 제대로 전달될 리 없다. 심장의 울림을 외면하지 말자. 내 가슴이 시키는 대로 세상에 뛰어들자. 내 심장이 '그것!' 그리고 '그곳!'이라고 외치면 더 치열하게 들어가서 온몸으로 그 모든 상황을 받아들이면 된다. 때론 비바람이 불고, 때론 맑은 날도 있고, 때론 화살이 날아오기도 한다. 나는 그 모든 것에 담대하게 맞서 싸우기도 하고, 담담히 받아들이기도 한다. 그리고 이를 통해 얻은 모든 감정을 심장에 담아 무대에 오른다. 오롯이 마음속 희로애락을 내 몸이 부서지도록 무대에서 쏟아내면 된다. 그게 노래고 그게 인생이다.

"무대가 세상이고, 세상이 무대다!"

그렇게 어느 순간 삶이 명확해졌다. 이제 나는 세상을 이분법으로 보지 않는다. 무대와 세상이 결코 다르지 않음을, 무대도 세상이고 세상도 무대임을 비로소 알았다.

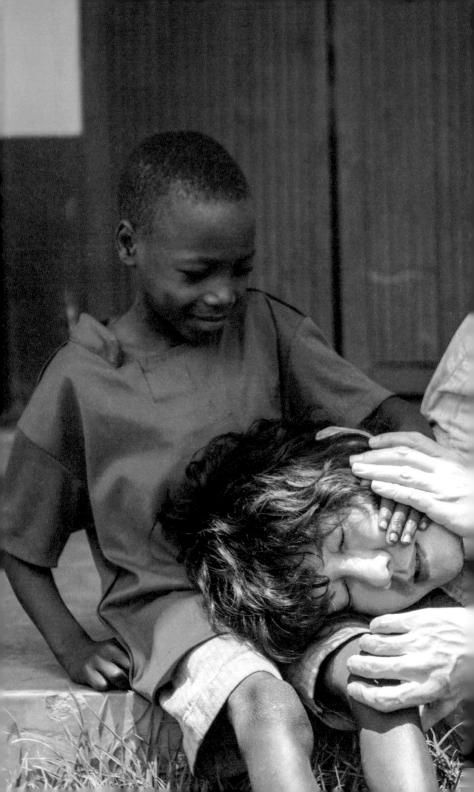

3
/
행복은 '빠다' 식빵

돈에
대하어

/

나는 부잣집에서 살다가 월세 8만원짜리 방에서도 살아봤다. 압류가 들어와 빨간딱지가 붙는 것도 세 번이나 지켜봤고, 남의 집 문간방살이에 가족들 모두 뿔뿔이 흩어져 산 적도 있다. 돈 때문에 기본적 인권도 존중받지 못하고 빚쟁이에 들들 볶이는 엄마를 목격했고, 성남의 추운 겨울, 영하 20도를 오르내리는 학교 과실에서 신문지를 이불 삼아 잠을 청하기도 했다. 가수로 성공하기도 했고, 미련 없이 모두 버리고 떠나기도 했다. 돈 때문에 벌어지는 인간의 흥망성쇠에 대해 밖에서 찾을 것도 없이, 나와 우리 가족 안에서도 충분히 단맛 쓴맛을 경험해보았다. 이런 경험들 때문에 악착같이 돈을 모으는 사람도 있지만, 역으로 돈에 대해 무신경해지고 미련이 없어지는 사람도 있다. 나는 한참 동안 이나 돈에 대해 무감각하고 개념이 없었다.

'돈이 뭔데 우리 집을 이렇게 들었다 났다 하는 걸까?'

분명 손을 거쳐 간 적도 없는데 서류상으로만 존재하는 채권과 채무. 그렇게 돈은 인간의 손아귀에서 돌고 도는 게 아니라 인간의 머리 꼭대 기에서 오히려 저희들이 사람을 돌리는 것 같았다. 그렇다면 내가 그 안에서 돈이 시키는 대로 돌아야 할까? 돈 때문에 사람들과 겨룰 것인 가? 그건 아니다. 그렇게 되면 돈이 만들어낸 프레임 안에 놀아나는 꼴 밖에 안 된다. 난 그 프레임을 인정하지 않았다. 프레임 밖으로 나와서 내가 새 판을 짜면 된다.

'돈이 내 가치를 정해주는 게 아니라 내가 돈에게 가치를 지워주면 될 일이다.'

내게 돈은 덧없고 무상한, 인간사를 대표하는 자본주의의 산물로밖 에 여겨지지 않는다. 단 하나 확신하는 것은 돈이 행복의 기준은 아니 지만 때때로 불행을 막아주긴 한다는 점이다. 쓰라린 경험을 딛고 일어 났을 때 사람은 한층 성숙해진다. 그 깊어진 눈으로 세상을 바라볼 때 무의미했던 것이 의미를 획득하기도 하고, 의미 있던 것이 무의미해질 수도 있다.

1998년, 다섯 살 조카가 하늘로 떠나고 난 뒤 누나를 집으로 보낼 수가 없었다. 그다지 윤택하지는 않았지만 아이 덕분에 행복했던 가정이고, 열심히 살던 누나와 매형이었다. 사흘 전만 해도 누나 팔을 베고 새살거리며 잠들었던 아이…. 그 웃음과 온기가 아직 그대로 남아 있는 집으로 누나를 보냈다가는 누나마저 잃을 것 같았다. 똑같은 이유로 누나는 집에 들어가려고 했다. 아이의 죽음을 받아들이기엔 이별이 너무나 급작스러웠기에 누나는 어떻게든 그 집에 살아 있는 아이의 숨결을, 체취를 붙잡으려 발버둥을 칠 테고, 그럴수록 죽음보다 더한 고통 속에 영혼을 잠식당할 터였다.

누나를 겨우 달래 큰누나가 사는 수원에 집을 얻어 짐을 옮겼다. 하루하루 고통스럽게 사는 누나에게 절실한 건 아이였다. 또 다른 아이가 태어난들 큰아이를 잃은 상처는 회복될 수 없었다. 하지만 또 다른 삶의 한 축이 될 아이를 염원하는 것 또한 어쩔 수 없는 일이었다. 아이는 선물이자 희망이었다. 그런데 시간이 지나도 아이 소식이 없었다. 큰아이를 낳은 후 불임이 된 것이다.

불임을 가임으로 만드는 일…. 치료를 한다고 해서 아이가 생긴다는 보장도 없었다. 그저 막연한 희망으로, 1퍼센트의 가능성이라도 붙잡아보려고 눈물겨운 노력이 시작되었다.

끝없는 기다림과 육체의 고통, 그리고 어마어마한 비용. 불행 중 다행이었던 건 그 당시 내가 최고의 인기를 누리던 때라 누나의 치료비에 보탬이 될 수 있었다는 거다. 그리고 기적처럼 우리 동길이, 조카를 얻었다. 동길이가 태어나지 않았다면 누나는 죽었을지도 모른다. 누나에게도, 나에게도 우리 가족 전체에 구원 같은 아이가 태어난 것이다.

'아, 돈이 행복의 기준은 아니지만 불행을 막아주긴 하는구나!'

돈에 대한 개념과 필요성이 재정립되는 순간이었다. 돈은 내가 우상처럼 숭배할 대상도 아니지만 하찮게 치부할 대상도 아니다. 돈이 행복을 보장해주진 않는다. 하지만 자본주의 사회에서 최소한의 인간다운 삶을 영위하는 데는 돈이 필요하다. 때론 불행을, 때론 더 큰 불행을 막는 데 돈이 힘을 발휘한다.

그때 내게 돈이 없었다면 누나는 그 지옥 같은 집에 계속 들어가야 했을 테고, 비싼 병원비 때문에 동길이를 얻지 못했을지도 모르고, 그랬다면… 더는 생각하고 싶지 않다.

사람들은 종종 내게 말한다. 누릴 거 다 누릴 수 있는 사람이 왜 그렇게 사는지 모르겠다고. 기부도 좋고 나눔도 좋지만 일단 자기부터 챙기라고. 마음 편히 누울 수 있는 집 한 채는 장만해야 하는 것 아니냐고. 충분히 그럴 능력이 있지 않느냐고.

노래가 한창 뜨고 인기를 얻었을 때 세상을 다 가진 듯한 기분이 들었다. 마치 내가 왕이라도 된 듯 방송가나 기획사에서 대접이 달라졌다. 그들에게 어수룩하지 않고 세련돼 보이려고, 화려한 삶이 마치 오래전부터 익숙했던 내 생활인 양 자연스러워 보이려고 애써 불편함을 감추었던 적이 있다. 그렇게 해야 내 품위가 유지되는 양 화려한 생활 안에 나를 짜 맞추는 데 급급했다.

돌이켜보면 세상이 나한테 맞춰야지 왜 내가 세상에 맞추느냐며 호기를 부리던 때가 불과 몇 해 전이었다. 속박을 벗어나려 열일곱 살에 세상에 뛰어들어 온갖 직업을 전전하며 진흙탕을 구르고 가시밭길을 걸어온 나인데….

그때는 내가 서 있는 곳이 곧 내 위치를 증명한다고 생각했다. 지방 공연을 갈 때도 호텔에서 제일 좋은 프레지던트 스위트룸에서만 묵었다. 그럴수록 '이게 아닌데?'라는 의구심이 들었다. 가식과 허영이라는 생각 때문에 마음이 편치 않았다.

'등 대고 하룻밤 자는데 이게 뭐하는 짓이지…?'

돈은 이렇게 써서는 안 된다. 이러다 내가 서 있는 곳이 무너지면 나도 곧 무너질 테지. 실체 없는 껍데기는 모래성처럼 쉽게 사라지게 마련이다. 거센 파도 한 번이면 단박에 끝장나버릴 삶이었다.

내 위치는 내 존재로 증명해야 했다. 잠자리나 먹는 음식이 아니라 내 노래로, 내 가슴으로 증명해야 한다. 이런 이야기를 들은 적이 있다.

"수처작주 입처개진隨處作主 立處皆眞."

"머무는 곳마다 주인이 되면 서 있는 곳이 그대로 참"이라는 뜻이다. 즉 어디를 가든 나를 잃지 않고 주체적으로 행동한다면, 내가 서 있는 자리가 곧 나로 인해 빛을 발한다는 말이다. 환경에 속박되는 삶이 아니라 내가 환경을 변화시키는 주역이 된다는 말이다.

숙박비는 어차피 지방의 공연 기획사에서 나가는 돈. 아무 생각도 없었다. 그냥 당연하게 받아들였다. 나중에 든 생각이지만 그들에겐 큰 부담일 수 있었다. 학교 과실, 아파트 옥상, 스튜디오… 어느 곳이든 등만 대면 그곳이 바로 내 잠자리가 아니던가.

그 후로 지방 공연을 갈 때면 관계자에게 말해두었다.

"호텔 말고 그냥 모텔 잡아요. 모텔 좋잖아요, 방음도 잘 안 되고…. 벽에다 컵 대고 귀 붙이면 다 들리거든. 침대도 진동이고…. 그러니까 괜한 돈 쓰지 마요."

다시 나를 찾았다.

행복은
'빠다' 식빵
/

'행복'은 상대적이다. 각자의 처지에 따라 욕망치가 달라지고 그 욕망이 어느 정도 채워지느냐에 따라 느끼는 행복도 천차만별로 달라질 수 있다.

2016년 5월 현재, 우리나라 인구는 대략 5,160만 명을 넘어서고 있다. 그러니까 행복도 5,160만 개 이상의 다양한 형태로 존재한다고 볼 수 있다. 물론 전혀 행복하지 않다고 말하는 사람도 있을 테니 조금 줄어들지 모른다.

행복의 기준이나 가치를 다른 사람에게 강요할 생각은 없다. 하지만 '이런 행복도 있구나' 정도를 세상에 알리는 건 괜찮지 않을까. 내 말을 들고 '생각해보니 그게 행복이었군' 하고 맞장구를 치거나 갑자기 일상이 흐뭇하게 보이는 사람이 있다면 감사한 일일 테고.

어느 날 밤, 자다가 깬 적이 있다. 다시 이불을 뒤집어쓰고 자려 했지만 이미 잠이 달아나버렸다. 문득 식빵을 노릇노릇하게 구워 '빠다'만 발라서 먹는 맛이 생각났다. 초간단 레시피지만 정말 좋아하는 최고의 맛이다. 갑자기 그 빵이 너무 먹고 싶었다. 뭔가가 하나 생각나면 집요해지는데 그 흔한 말라빠진 빵 쪼가리 하나 없었다. 고독한 싱글남이 식량도 비축해놓지 않다니, 자학(?)하며 다시 냉동실의 정체 모를 보따리들을 죄다 끄집어냈다. 본의 아니게 냉동실 정리를 하다가 드디어 한 구석에서 빵 봉지를 찾아냈다. 신바람이 절로 났다. 잽싸게 프라이팬을 불에 올려놓고 빵을 굽는데… 아, '빠다'가 없다…. 아무리 욕망이 강렬하기로 이 야밤에 '빠다'를 사러 가는 건 무리였다. 별수 없이 한입 깨무는데 묘하게 '빠다' 맛이 나는 게 아닌가.

'이게 욕망에서 오는 착각인가?'

쓰레기통에 넣었던 빵 봉지를 다시 꺼내보니, 놀랍게도 버터 식빵이었다!

'아, 어떻게 이 식빵이 버터 식빵일 수가 있어…?'

정말 행복했다. '하나님은 정말로 계시는구나' 하는 생각이 들어 감사 기도를 드리기까지 했다. 빵 한 쪼가리에 이토록 행복해하는 내가 한심할 지경이었다. 그때 새삼 느꼈다. '아, 진짜 행복은 사소한 데 있구나. 한밤중에 자다 깨서 버터 식빵 하나 먹는 것이 이렇게 행복할 수도 있구나….'

사소한 행복이 너무나 고마운 날이었다.

가끔 돈봉투에 코를 대고 냄새를 맡는다. 돈 냄새가 참 좋다. 되게 부자가 된 것 같고 세상에 부러운 일이 없어 보인다.

돈…. 정말 큰돈도 벌어봤지만 피부에 와 닿지 않아 오히려 무감각해질 때가 있다. 어린아이들에게 만원짜리와 막대사탕 중에 하나를 고르라고 하면 당장에 막대사탕을 집어 우물거릴 것이다. 만원으로 막대사탕 몇십 개를 살 수 있다고 해도 아이는 당장 혀로 느낄 수 있는 사탕을 더 좋아한다. 그건 아이가 어리석어서가 아니다. 막대사탕 하나로도 충분히 행복할 수 있는 그 순간을 포기하지 않고 누리기 때문이다. 아이는 그 이상을 계산하거나 욕심내지 않는다. 쌓아두고 사는 삶이 아니기 때문이다.

난 주머니의 10만원, 20만원을 좋아한다. 그것도 이왕이면 만원짜리 열 장, 스무 장 등 낱장이 여러 장인 게 좋다. 주머니를 더듬을 때 손끝에 느껴지는 두둑함이 정말 든든하다. 공연이나 대단위 행사를 진행할 때는 기획사를 통해 돈이 오가지만, 강연을 하러 가면 그 자리에서 현금으로 지급해준다. 대개 이런 돈은 기획사로 보내지 않고 슬쩍 꼬불친다. 만원짜리나 5만원짜리가 가득 든 두툼한 봉투를 보면 '이걸로 무얼 할까?' 설레기까지 한다.

10억으로는 무얼 할지 당장 생각나는 게 없는데 10만원, 20만원은 생각나는 게 너무 많다. 세상에서 제일 맛있는 우리 동네 김밥집 메뉴를 다 먹어볼 수 있는 돈. 어떨 때는 다 먹고도 남는 돈. 난 그런 돈이 좋고, 그런 돈이 있어서 행복하다.

가끔 모든 걸 내려놓고 싶을 정도로 삶이 버겁다 싶을 때 이런 행복들과 마주치곤 한다. 하나둘 내려놓는 동안 그 안에 숨은 무수한 가치와 내력을 새삼스레 기억해내기 때문인가 보다. 마치 빵 한 조각을 찾으려고 냉동실을 꽉 채운 봉지들을 하나하나 꺼내어 살펴보듯이…. 뜻하지 않은 물건을 발견하고는 '아!' 하고 감탄하듯이….

일상에서 문득 행복이 느껴지면, 과연 이런 것도 행복일까 자문하지 말자. 그보다는 냉큼 그 행복을 끌어안고 즐겁게 누리는 것, 그것이 달콤한 자기 혁명의 시작이 아닐까?

불행한 일보다
불행한 일

/

불행은 대놓고 불행하다고 투덜대면서 행복은 솔직하게 행복하다고 말하지 못하는 사람들.

행복하면 그 행복을 누려야 하는데, 다가올 불행을 걱정하느라 현재의 행복을 누리지 못하는 사람들.

실연으로 한동안 괴로워하던 후배가 말했다.

"나 다시 연애 시작했어."

"잘됐네!"

"…"

"그런데 왜 얼굴이 어둡냐?"

"아니 좋아. 그런데…."

"그런데 뭐?"

"그런데 또 떠나면 어떡하나 걱정돼서…."

"…."

후배는 그녀가 떠나갈까 봐 전전긍긍했다. 얼굴을 보면 설레다가도 금세 그녀의 웃음이, 눈빛이 사그라질지 몰라 안타까워했다. 그녀와 함께하는 시간을 즐기면서도 혹시 있을 이별 후의 상처를 걱정하느라 쉽게 마음을 내주지 못했다. 결국 그녀와도 헤어지고 나서 당연한 듯 말했다.

"이럴 줄 알았어! 역시 난 안 돼."

"그러게. 행복이 찾아오면 그냥 느끼면 될 일이지, 왜 자꾸 불안해하며 행복을 스스로 밀어냈을까?"

없는 행복도 찾아 나서야 할 판국에 제 발로 찾아온 행복을 발로 차버리는 후배가 안타까웠다.

꽃이 피면 슬픈 사람들. 꽃이 피면 꽃향기를 맡으면 될 일인데, 꽃이 질 생각에 마음이 아픈 사람들. 나이를 먹을수록 내일 올 슬픔 때문에 오늘의 행복을 놓치는 사람이 많은 것 같다. 그리고 꽃 지는 일이 과연 슬퍼할 일인지도 모르겠다. 어쩌면 그래서 난 아이들이 좋은가 보다.

아이들은 곧이곧대로 느끼고 표현한다. '만약'이나 '내일'이 없다. 지금 눈앞에 있는 것을 만지고 핥고 냄새 맡으면서 좋으면 웃고 싫으면 찡그린다. 더없이 활발하게 적극적으로 생을 살아간다. 내일의 불행을 걱정하느라 오늘의 행복을 저당 잡히지 않는다. 불행한 일보다 불행한 일. 그것은 '오늘의 행복을 느끼지 못하는 것'이 아닐까?

예전의 나도 별반 다르지 않았다.

여행을 가도 여행 자체에 집중하기보다는 상념에 젖을 때가 많았다. 하행선에 서 있으면 내 눈은 목적지를 향해 앞을 바라보는 게 아니라 건너편 차선, 상행선을 바라보았다.

'곧 나도 저 상행선에 있게 되겠지….'

여행지에 도착하기도 전에 현실로 되돌아갈 일을 먼저 걱정하다니! 그 생각 때문에 여행지에서 누리는 맛있는 음식의 기쁨도, 아름다운 풍경도 놓치곤 했다. 그러다 어느 순간 정신을 차려보면 정말로 상행선에 있는 나를 발견하는 것이다. 그러면 다시 하행선을 바라보며, '3박 4일 전, 저기서 상행선에 있는 나를 상상했는데 그게 벌써 현실이 되었네' 하며 씁쓸해했다.

결국 난 떠나지도, 도착하지도 못한 채 상행선과 하행선 사이에서 3박 4일을 보내고 만 셈이었다.

이제는 행복 앞에서 머뭇거리거나 두려워하지 않는다. 온몸으로 그 행복에 빠져들어 웃고 환호한다. 난 오늘만 살기 때문이다. 아침에 눈을 뜨면 오늘 하루가 생의 마지막 날이라고 곱씹으며 일어난다.

여행을 가도 상행선에 있건, 하행선에 있건 대수롭지 않다. 그저 설레고 즐거울 뿐이다. 재미있게 놀고 아쉬우면 또 가면 된다. 누군가 묻는다.

"또 못 가면?"

"그럼 다른 데 가겠지. 아니면 여행을 추억하면서 놀고. 그걸 뭘 지금 걱정해? 여기저기 행복이 널렸구만."

요사이 남수단을 비롯한 아프리카에서의 활동도 부쩍 늘어 여기저기서 많이 걱정하신다. 풍토병에 걸릴까 봐, 총에 맞을까 봐…. 염려는 고맙지만 나는 아직 닥치지도 않은 위험을 걱정하지 않는다. 그곳 남수단에도 사람이 산다. 케냐에선 쓰레기를 뒤져 먹는 아이도 봤는데 그 작고 여린 아이, 저항력이 약한 아이도 그렇게 삶을 이어가고 순간에 충실했다. 두려울 건 없다. 그저 순간순간 최선을 다하며 행복해하면 될 일이다.

"하쿠나 마타타, 카르페 디엠~!"

남수단에도 사람이 산다.
케냐에선 쓰레기를 뒤져 먹는
아이도 봤다.
그 작고 여린 아이,
저항력이 약한 아이도
그렇게 삶을 이어가고
그 순간에 충실했다.
내가 두려울 일은 없다.

혼자만 잘 먹으면
무슨 맛일까

/

한 인류학자가 아프리카 부족에 대해 연구하던 중 부족 아이들을 모아 내기를 걸었다. 그는 멀찌감치 떨어진 과일바구니를 가리키며, 바구니까지 일등으로 뛰어간 아이에게 그 과일을 모두 주겠노라 말했다. 과일바구니에는 아프리카에서 나지 않는 색색의 과일이 먹음직스럽게 담겨 있었다. 아이들은 군침을 삼키며 서로의 눈을 바라보았다. 아이들보다 긴장한 건 인류학자였다. 그는 조심스레 출발 신호를 외쳤다. 아이들은 거침없이 달리기 시작했다. 마치 사전에 약속이라도 한 듯 서로서로 손을 맞잡은 채. 누구 하나 앞서거나 뒤처지는 아이 없이 서로 이끌며 따라갔다.

"누구든 일등만 하면 과일을 독차지할 수 있는데 왜 함께 달렸니?"

아무리 생각해도 알 수 없다는 듯 인류학자가 물었다.

"우분투Ubuntu! 혼자 먹는 건 맛이 없어요. 더구나 친구들이 다 슬퍼하면 어떻게 혼자 기분 좋게 먹을 수 있겠어요?"

인류학자의 얼굴이 붉게 달아올랐다. 약속대로 과일을 내어놓자 빙 둘러앉은 아이들은 재잘거리며 사이좋게 과일을 나누어 먹었다. 아이들은 누가 가르쳐주지 않아도 세상에서 가장 맛있게 과일을 먹는 법을 알고 있었다. 그것이 그들의 문화였으며, 보고 듣고 자라는 과정에서 자연스레 터득한 삶의 지혜였다.

아이들의 웃음소리는 함께하는 순간이 가장 행복한 시절임을 인류학자에게 들려주는 듯했다. 아마도 아이들은 달콤한 과일 한 조각을 건네며 인류학자에게도 그 행복을 살포시 나누어 주었을 것이다.

아무리 맛있고 비싼 음식이라도 매일 혼자 먹는다면 무슨 맛일까….

"야, 이거 정말 맛있다!" 또는 "이건 두 개밖에 안 남았으니 아껴서 먹자" 하며 함께 나누어 먹을 사람이 있다면 그 맛은 배가 될 것이다. 어렸을 때도 그랬다. 별로 친하지도 않은 친구가 "오늘 우리 집 가서 같이 밥 먹을래?"라고 물어서 "그래" 하고 둘이 같이 밥을 먹고 나면 그 다음 날은 어느새 세상에 둘도 없는 사이가 되어버리곤 했다. 그건 불변의 진리라 지금 아이들도 똑같다.

나누어 먹고, 나누어 쓰고, 재미나게 이야기를 나누는 것. 거기에 함께 노래까지 부른다면 그보다 더 행복한 일이 있을까? 사실 우리 모두는 지금 그렇게 살고 있다.

'나'라는 개념은 '너'라는 개념을 전제하는 말로, 네가 없다면 굳이 '나'를 별도로 규정할 필요가 없을 것이다.

"아이 하나를 키우는 데는 마을 전체가 필요하다"는 말이 있다. 단순히 사람으로 태어났다고 해서 사람으로 일컬어지는 건 아니다. 타인과의 관계를 통해 비로소 사람 자격을 갖추게 된다. 타인은 나를 비추는 거울이며, 나 또한 타인을 비추는 거울이다. 타인의 태도에 따라 내가 달라지고, 나의 태도에 따라 타인도 변화한다. 이는, 사람은 사람을 통해 성장하며, 결국 우리의 삶은 다른 사람의 삶과 분리될 수 없음을 이야기하는 것이다. 따라서 '내'가 '나'로서 온전히 서려면 '너'가 '너'로서 온전히 설 수 있도록 도와주어야 한다.

나와 당신은 다르지 않다. 내가 행복하려면 당신이 행복해야 하며, 당신이 행복하면 나도 행복해진다. 그게 바로 우리다.

유명해지면서 돈과 인기를 얻었을 때, 좋으면서도 왠지 불안하고 떨렸던 것이 생각난다. 물론 내가 열심히 산 대가로 성공했다고도 할 수 있지만, 바닥을 뒹굴며 살았던 나에게 급작스런 행복은 그만큼 불안을

야기하기도 했다. 모든 게 신기루 같았고, 이 행복이 하루아침에 무너질까 겁이 났다. 도대체 나중에 무슨 일이 찾아오려고 지금 이렇게 행복한가.

이 모든 것을 내가 다 가져버리면 뭔가 다른 불행이 찾아올 것만 같았다. 내 소중한 어떤 것을 빼앗기거나 뭔가 다시금 혹독한 대가를 치를 것만 같았다. 돈은 없어도 살 수 있었다. 없이 사는 것에 너무나 익숙하므로. 하지만 그 돈 때문에 다른 걸 잃는다면 상상만으로도 끔찍하고 치가 떨렸다.

가졌기에 불안한 삶은 다시 내어놓을 때 편안해질 수 있다. 내가 원한 건 노래와 무대, 음악이었다. 그것만 충족되면 부수적으로 따라오는 돈은 내게 사랑을 준 사람들에게 환원하는 게 맞았다. 그게 내게 온 행복을 놓치지 않고 꾸준히 누릴 수 있는 비결이라 생각되었다.

그렇게 시작한 기부가 데뷔 25주년인 지금까지 이어져왔고, 이제는 평범한 일상이 되었다. 마치 원래 타고난 DNA인 것처럼 나는 그냥 그런 일을 해왔다.

사람들은 나에게 '기부천사'니 '독도 지킴이'니 하는 별명을 붙여주었지만 사실 기부는 내게 그런 거창한 명제가 아니라 그저 사소한 일일 뿐이었다. 그것을 반복하다 보니 이젠 아름다운(?) 중독이 되어버렸을 뿐이다.

나눔으로써 돌아오는 행복을 단 한 번이라도 느껴본 사람은 반드시 나눔 중독자가 될 것이라고 생각한다. 어쩌면 가장 감사한 일은 엄마 덕분에 처음으로 그런 경험을 할 수 있었다는 것이다.

우분투Ubuntu

우분투: 아프리카 고유의 삶의 철학. 타인과 공동체 의식에 바탕을 둔 인간애humanity towards others로서 "당신이 있으므로 내가 존재한다" 또는 "우리가 함께 있으므로 내가 존재한다"는 뜻.

각각 1984년과 1993년에 노벨평화상을 받은 데스몬드 투투Desmond Tutu 주교와 넬슨 만델라Nelson Mandela 대통령은 이 말에 '인간적 품위'를 직결시킴으로써 공동체 의식이야말로 인간이 추구해야 할 최고의 덕목이라 평가했다. 인간은 관용과 배려를 기본으로 서로 존중하고 존중받을 때에라야 인간다움이 유지될 수 있으며, 개인의 품위는 곧 그 사회의 품위로서 사회의 품위는 곧 개인의 품위와 직결된다는 것이다.

세상에서
가장 위대한 기부

/

2003년 여름, 나는 미국에 있었다. 공황장애 판정을 받고 한창 혼란스러워하던 시기였는데, 한국에서 전화가 한 통 걸려왔다. 내가 후원하는 한 보육원의 원장이었다. 뭔지 모를 불안감이 엄습했다.

"장훈 씨, 잘 지내죠?"

"네⋯. 빨리 얘기해보세요. 무슨 일 있죠?"

"기만이가 결국 떠날 거 같아요."

"네? 다 나았잖아요?"

"그게 뇌로 전이가 돼서⋯."

기만이는 무릎에 골수암을 앓았다. 모 대학병원에서 수술을 받고 거의 완치 판정을 받아 재활을 시작한 것까지 보고 나는 미국으로 떠나왔다. 그런데 뇌로 전이가 되고 결국 그렇게 상태가 악화됐다는 얘기였다. 나도 좋은 상황이 아니었지만 일단 한국으로 들어왔다. 그리고 내 모교인 경원대 재단 길병원의 도움을 받아 기만이를 무균실에 입원시켰다.

의사 선생님은 한 달을 넘기기가 힘들다고 했다. 그래도 일반 병실로 옮기지 않고, 이리저리 빚을 내어 무균실에서 희망을 가져보았지만 결국 마지막 순간이 왔다. 나는 기만이와 함께 지내던 아이들을 모두 모아놓고 있는 그대로 얘기해주었다.

"얘들아, 원장님이랑 형이랑 최선을 다하지만 결국 기만이가 하늘나라로 떠날 것 같아. 그런데 너희 그거 알아? 희망이 없는 환자는 아무도 도와주질 않거든. 텔레비전에 나오는 모금 프로그램에서도 희망이 없는 환자에게는 도움을 주질 않아. 그렇다면 희망이 없는 사람에게 끝까지 도움을 주는 사람은 누굴까?"

아이들은 눈물이 그렁그렁해져서 나를 쳐다보았다.

"바로 가족이지. 희망이 없는 사람을 끝까지 지켜주는 건 가족뿐이야. 그래서 원장님과 형은 끝까지 기만이를 지키고 희망의 끈을 놓지 않을 거야. 우린 가족이야. 만일 너희가 그런 상황이라고 해도 형은 끝까지 최선을 다할 거야. 또 형이 그렇게 되면 너희들이 끝까지 지켜주리라 믿는다. 왜냐하면 우린 가족이니까. 무슨 말인지 알지?"

아이들은 울음을 터뜨리며 고개를 끄덕거렸다.

"우리 기만이를 위해 기도하자."

며칠 후 원장님이 까만 비닐봉지를 내 앞에 내려놓았다.

"이게 뭐예요?"

풀어보니 만원짜리부터 십원짜리까지 구겨진 지폐와 동전들로 가득 차 있었다.

"장훈 씨 얘기 듣고 애들이 용돈 다 털어서… 그 어린 초등학생들까지…, 자기들이 이때껏 모은 돈이에요."

육십 몇만 몇천원쯤 되었다. 한동안 그 돈을 바라보다가 결국 펑펑 울고 말았다.

"원장님… 기만이가 동생들한테 선물을 하나 주고 가네요. 늘 도움만 받던 아이들이 가족을 위해 가진 걸 다 내놓았어요. 기만이가 큰일을 했네요."

"그러네요."

얼마 후 기만이는 하늘나라로 갔다. 아이들의 그런 사랑이 있었기에 기만이의 마지막 길이 그리 쓸쓸하지만은 않았을 것도 같다.

기만이가 떠나고 2년쯤 지났을 때 원장님이 성경을 한 권 들고 왔다.

투병 중인 기만이에게 원장님이 힘내라고 사준 어린이 성경책이었다. 그런데 며칠 전, 기만이 동기 중 한 명이 그 성경 속에서 기만이가 내게 쓴 편지를 발견한 것이다.

> 사랑하는 장훈이 형에게. 형, 정말 고마워요. 이렇게 아픈데 형
> 이 끝까지 치료해주고, 선물도 사다 주고, 형도 미국에서 힘들었
> 던 거 아는데 매일 병실에 와주고… 형 때문에 너무 행복했어요.
> 사랑해요, 장훈이 형.
>
> 기만이 올림.

어느 날부터인가 누군가 떠난다는 것이, 또 떠났다는 것이 예전처럼 슬프지가 않다. 기만이도, 내 조카 예람이도, 해철이도, 현식이 형도…. 언젠가 나도 그곳으로 가서 반드시 다시 만나게 되리라 확신하기 때문이다.

아이들이 전해준 까만 비닐봉지는 세상에서 가장 위대한 기부였다.

목적은 수단을
정당화하는가?

나는 체 게바라Che Guevara를 좋아한다. 알다시피 그는 위대한 혁명가이자 사상가다. 하지만 그의 수단과 사상에 동의하는 부분도, 동의하지 않는 부분도 있다. 물론 그 당시 상황에서는 압제에 맞서 민중에게 자유를 되찾아주려면 총과 칼이란 수단을 사용할 수밖에 없었는지 모른다. 나도 그런 상황에서는 똑같이 했을지 모르지만 총과 칼까지 사용했으리라고는 확고하게 답하지 못할 듯하다.

난 아이를 때리는 걸 무척 싫어한다. 아니 증오한다. 언젠가 들른 문방구에서 주인인 아버지가 어린아이의 뺨을 때리는 광경을 목격했다. 난 그 가게에서 산 바둑판으로 그 아버지의 머리를 몇 번인가 내리쳤다.

"저항할 수 없는 상황에서 당한 폭력이 얼마나 비참하고 수치스러운지 느끼셨습니까? 앞으론 그런 일은 관두십시오."

그런데 집으로 오는 길에 문득 이런 생각이 들었다.

'내가 한 행동 때문에 아이가 더 많이 맞으면 어떡하지?'

그래서 다시 문방구로 돌아갔다. 아이에게 어느 초등학교에 다니는지, 몇 학년인지, 몇 시에 하교하는지 세세하게 물어보고 메모했다. 그리고 아버지에게는 일주일에 한 번씩 아이에게 가서 확인할 테니 한 번만 더 아이를 때리면 가만있지 않겠노라며 무시무시한 말을 내뱉었다.

그러고는 실제로 매주 아이 학교에 가서 물어보았다. 아이는 이제 맞지 않는다고 했다. 그래도 미덥지 않아서 밤이면 가끔 문방구 앞에 가서 문에 귀를 대고 엿듣곤 했다. 살림집을 겸한 가게라서 밖에서 다 들렸기 때문이다. 한 달 정도 그렇게 했는데 아이가 맞는 것 같지는 않았다.

그런데 뭔가 이상했다. 분명히 옳은 일을 했다고 생각했고 내가 생각한 정의를 이루었는데 개운치가 않았다. 그때 '목적을 위해서 어떤 수단도 정당화될 수 있을까' 하는 생각을 했다. 나는 폭력을 막고자 또 다른 폭력을 사용했다. 지금도 이 문제에 대해 수없이 생각해본다. 아마도 죽을 때까지 답을 얻지는 못하겠지만.

오른손이 한 일을
왼손이 알게 하라

/

"오른손이 한 일을 왼손이 모르게 하라"는 말이 처음 나왔을 때는 세상이 지금처럼 삭막하지는 않았을 거라는 생각이 든다.

살 만한 세상이란 도대체 어떤 세상일까? 적어도 눈물을 흘리는 누군가에게 다가가 눈물을 닦아주는, 인지상정이 통하는 세상 아닐까.

"인지상정."

서너 살도 안 된 아기가 엄마가 울 때 어떤 행동을 하는지 본 적이 있다. 놀랍게도 아기는 아직 완벽하지 않은 걸음으로 엄마에게 다가가 엄마의 흐르는 눈물을 닦아주었다. 때로는 그 조그만 팔을 벌려 엄마를 안고 등을 토닥이기도 한다. 유아원에서 친구들이 울 때도 똑같은 반응이다. 같이 울어주기까지 한다. 왜 우는지, 무슨 일이 있었는지도 모르면서 감정의 공유가 일어난다.

아기들은 어른이든 아이든, 우는 사람은 위로해야 한다고 여긴다. 눈물은 그저 닦아주고, 타인의 눈물을 보면 따라서 눈물 흘린다. 아기는 본능적으로 눈물과 위로를 알고 있다. 어쩌면 그것은 처음 인류가 나타난 300만~500만 년 전, 오스트랄로피테쿠스부터 지금까지 학습되어 온 감성이 우리의 DNA에 차곡차곡 각인된 까닭이 아닐까?

그런데 갈수록 학습되고 발달되어야 할 공감 능력이 나이를 먹으면서 오히려 감퇴되는 듯하다.

어렵고 소외된 사람들이 늘어나고 '가진 자'들은 더 가지려고 불법도 마다하지 않는 세상. 산업화와 자본주의의 발달은 개인주의의 만연으로 이어져, 이웃의 슬픔과 아픔에 공감하지 못하고 고개 돌려 외면하게 만들었다.

그러나 우리는 태어나는 순간 원하든, 원치 않든 다른 사람과 관계를 맺고 살아간다. 타인과 나는 그물망처럼 서로 촘촘히 이어져 떼려야 뗄 수가 없다. 따라서 우리의 작은 몸짓 하나하나가 타인과 세상 만물 모두에 영향을 미친다.

'나비효과'란 말이 있다. 중국 베이징에 있는 나비의 날갯짓 한 번이 대기에 영향을 주고, 이것이 시간이 흐를수록 증폭되어 결국 지구 반대편에 있는 미국 뉴욕에 허리케인 같은 큰 대기 변화를 일으킨다는 이론이다.

즉 일상의 작은 실천 하나가 사회적으로 거대한 반향을 불러일으킬 수도 있는 이야기이다.

선행도 마찬가지라고 생각한다. 누군가의 선행으로 예상치 못한 곳에서 좋은 일이 일어나고, 그것은 또다시 아름다운(?) 전염을 일으켜 결국에는 인류를 위한 일이 된다.

우리는 예부터 남들 모르게 조용히 돕는 것이 진정한 선행이라 배웠고, 그런 생각 때문에 섣불리 주위에 자신의 선행을 알리지 못했다. 자칫 잘못하면 좋은 일 해놓고도 자랑하는 사람이라며 인격을 의심받을 수 있기 때문이다.

과연 그럴까?

결과론과 인격론, 둘 다를 염두에 두고 생각해보자. 가령 누군가 오른손이 하는 일을 왼손이 모르게 했다고 하자. 도움을 받은 사람이 또 다른 누군가에게 손을 내밀지 못한다면 그 일은 미담으로 끝나버릴 가능성이 있다. 하지만 캠페인을 하면 몇 명이라도 반드시 함께하는 사람이 생기게 마련이다. '나도 좋은 일 한번 해볼까?' 하는 마음이 고개를 들게 마련이며, 정도는 달라도 사람들 속에는 선행을 하고 싶은 욕구가 존재하기 때문이다. 다만 저마다의 사정 때문에 다소 머뭇거리며 행동으로 옮기지 못하는 경우가 있는데 그런 사람들에게 누군가의 선행은 롤모델이 되고 실천에 대한 자신감(?)을 고취하게도 만든다.

그러나 "오른손이 한 일을 왼손이 모르게 하라"는 정신에 세뇌되어 선행을 밝히는 것을 비난하는 사람도 있을 것이다. 이럴 때 우린 선택의 기로에 서게 된다.

혼자 조용히 행하고 인격자가 되느냐? 아니면 인격자 대신 현실주의자가 되어 선행을 널리 알리고 한 명이라도 더 나눔에 참여하는 계기를 만드느냐. 내 철학은 후자다.

그냥 쉽게 생각한다.

'내가 욕먹고 안 먹고가 대수인가? 더 많은 사람들이 참여할 수 있다면…. 아니, 잠시라도 누군가가 뜨거운 가슴을 느꼈다면 그것으로 기쁘고 족하지 아니한가.'

어느 쪽이 인격자인지는 개인의 판단에 맡길 뿐이다. 다만 어느 경우에도 비난하거나 비난받을 일은 아니라고 본다.

이런 나름의 개인 철학을 갖기까지 많은 혼란과 고뇌가 따랐다. 마음이 널뛰듯 하며 수많은 시행착오도 겪었다.

이제는 칭찬을 받아도 고마운 마음은 들지만 들뜨지는 않는다. 누가 비난을 해도 상심하지 않는다. 그저 세월 따라 옳다고 생각한 길을 꾸준히 걸었고 그 결과 타인의 평가에 무심해졌다. 부지불식간에 나는 단단해졌나 보다. 많은 사람들이 함께한다면 좋은 세상이 될 것이고, 캠페인을 통해 누군가에게 아주 조그마한 계기라도 된다면 그것으로 충분하다.

물 한 방울을 마르지 않게 하려면 바다에 던지라고 한다. 그 한 방울이 곧 큰 바다이며, 작은 것이 큰 것을 겸한다는 말이다.

나눔과 기부는 나의 한 방울을 바다에 던지는 일과 같다. 마셔버리면 없어지고 말 물 한 방울이 바다에 던져짐으로써 영원히 마르지 않는 생명력으로 거듭나는 것이다.

나는 나눔이, 개인이 남을 돕고 보람을 느끼는 데서 나아가, 캠페인을 통해 자신의 인간성과 자아를 찾는 것은 물론 타인의 인간성과 자아를 회복하는 데까지 번져나가기를 소망한다. 의식하지 않아도 숨을 쉬는 것처럼, 전 지구인의 생활 속에 습관으로, 일상으로 나눔이 자리매김하길 소망한다.

'행그리Hangry'
아이들

/

경찰서에는 "범죄 없는 사회 구현"이라는 표어가 붙어 있다. 그 표어를 볼 때마다 그 여덟 자에 담긴 철학은 무엇이며, 어떤 식으로 범죄 없는 사회를 구현하겠다는 말인지 고개가 갸웃거려진다.

'경찰 공권력으로 한다는 건가? 징벌을 말하는 건가? 범죄 없는 사회를 어떻게 징벌로 구현하지? 예방책을 말하는 건가?'

갈수록 상상을 초월하는 끔찍한 범죄들이 여기저기서 터진다. 거창한 표어에 앞서 이러한 범죄를 미연에 방지하기 위해 할 일은 무엇일까? 범죄 없는 정의로운 사회를 구현하기 위해 시급히 살펴야 할 곳은 어디일까?

아이들!

밥을 굶는 아이들이 없으면 되고, 아동 학대가 없으면 된다!

배가 고파서 짜증이 나거나 화가 나는 경험을 누구나 한 번쯤은 해보았을 것이다. 오죽하면 '행그리Hangry'* 라는 신조어가 생겨났을까.

2015년 10월 26일자 《허핑턴포스트코리아》를 보면, "배고플 때 공격적 성향을 나타내는 건 생존 방법의 하나"라는 시드니대학교 보덴연구소 아만다 샐리스Amanda Salles 박사의 연구 결과가 실려 있다.

샐리스 박사에 따르면 인간의 뇌는, 몸에 포도당이 부족할 경우 생명의 위협으로 인지하고 공격적 성향을 일으키는 스트레스 호르몬과 자연적 뇌 화학물질 '신경펩티드 Y neuropeptide Y'를 분비한다.

그 결과, 과격해지거나 분노조절장애가 일어날 수 있으며, 결국에는 그 과격함과 조절되지 못한 분노가 음식을 쟁취하기 위한 싸움(?)으로 내몬다. 바로 그러한 일련의 과정이 생존을 위한 방식으로 작용한다는 말이다.

〈TV, 책을 말하다〉라는 프로그램에 출연한 적이 있다.

나는 짐짓 니체의 《차라투스투라는 이렇게 말했다》라든가 에쿠니 가오리의 《냉정과 열정 사이》처럼 철학과 사색, 깊이(?)와 서정이 있는

---

* 헝그리(hungry : 배고픈)와 앵그리(angry : 화난)를 조합해서 만든 신조어. 배가 고파서 화와 짜증이 몰려오는 상태를 말한다.

/ 나는 아이들이 참 좋다.
아이들 입에 밥 들어가는 모습은 더 좋다.
제일 화나고 슬픈 건
굶는 아이들을 보는 일이다.

책을 상상하며 기대에 부풀었다. 그런데 내게 전달된 책은 다름 아닌 로버트 K.레슬러의《살인자들과의 인터뷰》였다.

책의 내용은 FBI의 범죄심리 분석관으로 근무하던 저자가 실제 연쇄 살인범들과 대화를 나누면서 그들의 과거와 현재를 추적하고, 범죄 행위 이면에 숨은 심리를 파헤친다는 것이었다.

"〈TV, 책을 말하다〉에서 하필이면 왜 이런 책을 제가 이야기해야 합니까?"

"김장훈 씨가 불우한 아동들에게 관심도 많고, 또 순탄치 않은 어린 시절도 직접 겪었으니까 아무래도 이해의 폭도 넓고, 좋은 말씀도…."

"그거하고 무슨 상관이에요…. 저도 다른 거 해주세요. 파트리크 쥐스킨트의《깊이에의 강요》니 하는 거 있잖아요. 그 책은 느낀 점도 많고 할 말도 많단 말이에요."

"장훈 씨… 이 책 생각보다 괜찮아요. 읽어보시면 정말 느낄 점도, 할 말도 많아질 겁니다. 그럼 녹화날 뵙겠습니다."

담당 피디는 뭐라고 항변할 틈도 없이 후다닥 전화를 끊었다.

'아, 미치겠네 진짜….'

한숨이 절로 나왔다. 주삿바늘만 봐도 경기를 하는 사람한테 피가 질벅한 연쇄살인범 이야기라니 생각만 해도 끔찍했다. 하지만 어쩔 수 없이 책을 집어 들었고 3분의 1가량 읽은 후 내려놓았다. 그러고는 피디에게 말했다.

"거두절미하고 이 책을 봐야 하는 대상은 자녀를 키우는 부모님들입니다. 책에 나온 연쇄살인범들의 특징을 보면 하나같이 아동기에 학대당하고 소외된 아이들이었어요. 그것도 아이들이 전폭적으로 믿고 의지해야 할 부모나 가족에게서. 누구 하나 보듬어주고 위로해주는 사람 없이 버림받고 굶주린 아이들이 거리를 배회하고 다시 사회에서 냉대를 받았습니다. 그것이 면죄부가 될 수는 없겠지만…. 즉 요점은 끔찍한 범죄 이면에는 사랑받지 못하고 보살핌을 받지 못한 어린아이들의 눈물과 고통, 공포가 있었다는 얘기예요. 그러니까 이 책은 심리학자나 범죄 전문가 이전에, 육아의 최전선에 있는 부모님들이 꼭 봐야 합니다. 아마도 아이를 어떻게 키울지 다시 한 번 생각하는 계기가 될 듯합니다. 저자의 의도는 모르겠으나 전 그렇게 이해하고 해석했습니다."

옛말에 "세상에서 가장 듣기 좋은 소리는 마른논에 물 들어가는 소리와 내 새끼 입에 밥 들어가는 소리"라는 말이 있다. 세상에 이처럼 솔직하고 정확한 말이 또 있을까?

나는 아이들이 참 좋고, 아이들 입에 밥 들어가는 모습은 더 좋다. 맛있게 먹는 아이들을 보면 그렇게 흐뭇할 수가 없어서 자꾸 "그렇게 맛있어?" 하고 물어보게 된다. 제일 좋아하는 일도 아이들 밥 먹이는 일이다. 이유나 거창한 명분이 있어서도 아니고 의무를 느끼는 건 더더욱 아니다. 그냥 마냥 좋은 거다.

역으로 제일 화나고 슬픈 건 굶는 아이들을 보는 일이다.

생각해보라. 다른 아이들은 다들 파란 하늘을 보고 사는데 밥을 굶고 배가 고파 노란 하늘만 보며 자란 아이들이 범죄의 유혹을 뿌리치기가 어디 쉬운 일이겠는가?

범죄 없는 사회의 구현은 경찰만의 일이 아니다.

모두가 한마음이 되어 먼저 내 이웃의 아이부터 살펴보자. 아이들이 학대받거나 굶거나 소외되는 일이 없도록 돌보고, 부드러운 손길로 등이라도 한번 쓰다듬어준다면, 그렇게 사랑을 전한다면 범죄가 절반으로 줄어들 것이라 장담한다.

범죄 없는 사회를 구현하려면 징벌보다는 예방이 우선이라고 확신한다. 그러니 사랑하자. 더욱더 사랑하자.

나에게 어린이란!

나는 아이들이 좋다.

아이들을 보면 나도 모르게 웃음이 나고 발걸음을 멈추게 된다. 그리고 이런

마음은 우리나라 아이들에게만 국한되지 않는다.

비행기를 타고 날아가 내 눈으로 본 케냐 아이들, 남수단 아이들, 이탈리아

아이들, 중국 아이들…. 한없이 순수한 그 눈망울들!

내게 어린이는 아프리카 어린이든, 남미 어린이든, 프랑스 어린이든, 한국 어

린이든 다 똑같은 어린이일 뿐이다.

어린이에겐 국적이 없다.

그저 너무나 사랑스럽고 소중한 존재 그 자체!

4
/

라삐끼, 쏭디, 싸빗
그리고 친구

김장훈숲

/

"안녕하세요, 여러분. 저는 한국에서는 널리 알려진 가수지만 중국에선 신인 가수입니다. 공연에 오신 모든 분께 감사의 말씀 드립니다."

2012년 2월 18일, 중국 상하이 장녕구 국제체조중심 체육관. 내 서툰 중국어 인사말에 관객들의 환호와 박수가 터져 나왔다. 1991년 데뷔 이래 첫 단독 해외 공연이 '김장훈 원맨쇼, in 상하이'라는 타이틀로 중국 상하이에서 이루어진 날이다.

귀에 익숙한 팝도 아니고, 모국어가 아닌 다른 나라 노랫말이 그들의 가슴을 적실 수 있을지 긴장되기도 했는데 걱정이 무색할 정도로 반응이 뜨거웠다. 노래와 공연 앞에선 언어도, 국경도 장벽이 될 수 없음을 다시 한 번 실감했다. 한국에서와 마찬가지로 마지막 순간엔 관객 모두 일어나 환호하며 열광했다. 뜨거운 반응보다 좋았던 건 중국 관객들과 하나가 되었다는 점이다. 관객들과 하나가 되는 것, 그것은 내 공연의 근간을 이루고 최우선이 되는 것이기 때문이다. 교감…. 역시 음악은 누구에게든, 어디에서든 두루 통한다는 진리를 온몸으로 깨우친 시간이었다.

현지 언론들과 기자 간담회도 가졌는데 재미있게도 한국에서의 기자 간담회와 내용이 똑같았다. 글로벌 시대여서인지 그들은 이미 나에 대한 정보를 다 갖고 있었다. 질문의 주된 내용은 공연과 기부였다. 심지어 어떤 기자는 왜 여태 결혼을 안 하느냐는 질문까지 했다. 언어만 중국어지 내용은 한국과 똑같았다.

"김장훈 씨, 한국에서는 '기부천사'로 알려졌는데 여기서 돈을 벌면 어떻게 하실 생각인가요?"

"중국에 나무를 심을까 합니다."

"네?"

예상치 못한 답변에 당황한 기자들이 이유를 되물었다.

"중국의 사막화는 바로 세계의 사막화입니다. 환경문제 해결 역시 국경과 언어를 넘어 세계 모든 사람이 힘을 합쳐야 할 일입니다. 지금 세상에선 군사동맹보다도 환경동맹을 맺는 것이 더 시급하고 지혜로운 일이라고 생각합니다."

"…!"

"그리고 중국에는 저의 쏭디(형제)들이 있습니다. 제가 중국에 와서 제일 먼저 배운 말이 쏭디입니다. 그리고 많은 중국인들이 절 보자마자 쏭디라고 좋아해주었습니다. 단순히 저를 가수, 공연 기획자로서 반기는 것이 아니라 형제로 받아주시고, 인간애로 환영해주신 여러분께 깊은 감동을 받았습니다. 그래서 고민했습니다. 단순한 기부보다는 그 이상의, 쏭디들과 함께 할 수 있는 의미 있는 일이 있지 않을까 하고요. 그러기에 가장 적합한 일이 바로 나무를 심는 일이었습니다. 바로 쏭디들과 제가 함께 심는 나무입니다."

그러고는 약속대로 상하이 공연 개런티 전액을 기부하고, 그해 11월 삽자루를 둘러메고 네이멍구(내몽골)로 떠났다.

사막은 차가 다니기도 힘든 곳이다. 직접 삽을 들고 네 시간을 걸었다. 그리고 바로 삽질을 시작했다.

하루에 장장 열두 시간 동안 삽질을 했다. 쉴 만하면 방송 카메라가 오고, 또 쉴 만하면 다른 방송에서 찾아오니 삽을 놓을 틈이 없었다.

'아 이런… 열두 시간 하라는 게 하나님 뜻인가 보다….'

그러다 인간의 한계를 넘어버렸다. 나중에는 내가 삽을 휘두르는지, 삽이 내 손에 매달려 있는지 알 수가 없었다. 나타나는 방송사 기자마다 싱그럽게 건네는 "안녕하세요?"라는 인사만 들어도 울고 싶었다.

그 덕(?)에 이틀 만에 네이멍구 쿠부치 사막과 닝샤에 1만 2천 그루의 나무를 심었다.

"인류애를 위해 연예인이 직접 사막화 방지에 나선 건 이번이 처음이며, 실제로 이뤄지리라고는 생각지 못했습니다. 정말 크나큰 감동입니다. 이에 감사의 뜻을 밝히며 닝샤 정부 최초로 숲에 사람 이름을 붙이기로 결정했습니다. 앞으로 이 숲은 '김장훈숲'으로 불릴 것입니다."

식수植樹 후 닝샤 정부 고위 관리들이 참석한 행사에서 닝샤산림청장의 깜짝 발언. 고마운 한편 걱정도 밀려왔다. '아, 계속 심으라는 거구나!' 그 후 상황이 여의치 못해 다시 가지 못했다. 내년부터는 반드시 다시 가야 한다. 쏭디들과의 약속이니까.

녹색장성
프로젝트

/

식수 후 행사에서 중국 쪽 관료가 물었다.

"김장훈 씨는 늘 그렇게 하세요?"

"네, 늘 이렇게 합니다. 우리나라에서 기름 유출 사고가 났을 때도 팬들이랑 직접 가서 기름을 닦았어요. 그래야 같이 하자는 말이 서지⋯. 나는 가만히 있으면서 어떻게 당신들은 가서 봉사 좀 해라, 그럴 수 있겠어요?

제가 중국에서 캠페인을 하자고 하지 않았습니까. 쓰촨성(2008년에 대지진이 일어났다)에도 기부를 하고 싶었지만, 일회성으로 끝나는 기부보다는 장기적으로 사람들의 의식 변화를 가져올 수 있는 기폭제로서의 기부가 지금은 더 절실하지 않나 싶어서요. 환경문제는 일시적 문제가 아니잖아요. 나 하나 잘한다고 해결될 문제가 아니라 여러 사람의 지속적 관심과 실천이 필요해요. 지구는 우리 세대만 살고 끝나는 곳이 아니라 다음 세대, 다다음 세대가 면면히 발 딛고 살 곳이니까요. 좋은 걸 물려주진 못 해도 나쁜 건 물려주면 안 되죠. 그런 의미에서 나무 심기가 아주 적확하다고 판단했어요.

당신들 선조가 만리장성을 쌓았다면 우리는 녹색장성을 쌓는 겁니다. 이름하여 '녹색장성프로젝트'!

녹색장성을 쌓으면서 한 구획 완성될 때마다 원아시아라는 공연을 계속하는 거예요. 그때마다 사람들 의식에 중국의 사막화가 환기될 테고, 나무를 심고 환경을 보호하겠다는 의식이 살아나지 않겠어요? 이게 이른바 캠페인인 거죠. 우리나라 서해안 기름 유출 사건 때도, 5천만밖에 안 되는 한국인이 다 닦았어요. 처음엔 몇몇 단체만 찾다가 캠페인이 일어나자 봉사자 몇백만 명이 참여해서 함께 닦았거든요. 그런데 중국 인구는 13억이 넘잖아요? 그 사람들 생각이 조금만 달라져도 이건 그냥 숲으로 바뀝니다. 그걸 시작하자는 거예요."

언제나 그렇듯이 마무리는 공연이었다. 그런데 공연은 내 독무대가 아니라 그 지역 문화예술 단체들과 함께였다. 그들과 함께 무대를 꾸밈으로써 그들 스스로 이번 행사의 주체로 서게 만들자는 뜻이었다. 이는 그 지역 전통과 문화를 존중한다는 표현인 동시에 굳이 이런 행사가 아니어도 일상에서 그들 스스로 나무를 심고 환경 보존에 앞장서기를 바라는 마음에서 비롯되었다.

우리나라 청년들과 베이징대 청년들로 구성된 인원도 반수 이상을 중국 청년으로 했다. 물질보다 정서적 배려가 우선되는 것이 나눔의 기본이라 생각한다. 그래서 수없이 그들의 처지가 되어 생각해보았고 사소한 일까지 배려하고자 고심했다. '우리 청년들과 나는 서포터로 남의 나라 일을 도와주고, 그들이 주체가 되어 일하는 것이 맞다.' 일은 계획대로 진행되어 모두가 만족하는 식목 행사가 되었다.

나눔을 실천할 때
지키는 철학

물질보다 정서적 배려가 우선되어야 한다는 것.

내가 잘나서 도와주는 것이 아니라 그냥 친구 같은 마음으로 함께 나눈다는

것이다. 나 또한 어려운 시절에 누군가에게 그런 나눔을 받았기에….

공연으로 마무리한다는 것.

나눔은 축제이다. 축제에는 당연히 음악과 춤이 함께하지 않는가. 더구나 나

의 본연은 가수이니, 노래로 마무리해야 무언가 비로소 완성되는 느낌적인

느낌!

어쨌든 그것이 행복하고 개운하다.

너와 나,
우리는 '싸빗'

/

아프리카와 인연을 맺게 된 것은 임홍세 감독을 만나면서였다. 임홍세 감독은 부산을 대표하는 축구 영웅이었으며, 대한민국의 '영원한 리베로' 홍명보 선수를 비롯해 김주성, 하석주 선수 등을 키워낸 명감독이기도 했다. 그는 2006년, 남아프리카공화국에 선교사로 첫발을 내디뎠고, 이후 축구를 매개로 아프리카 전역에 선교 활동을 이어가던 참이었다.

가난과 기아로 대표되는 아프리카 아이들. 상상만 하던 아프리카의 현실을 직면했을 때 뭐라 형언하기 힘든 가슴의 파동을 느꼈다. 그러면서 그동안 내가 해왔던 나눔 활동들이 얼마나 지엽적이었는지 되돌아보았다. 이웃이 평안해야 내가 평안할 수 있듯 우리나라가 평안하려면 이웃 나라도 평안해야 했다. 한 축이 무너지면 다른 축도 건재할 수 없는 것이 세상의 법칙이다. 나눔에 있어서만큼은 내 나라와 남의 나라를 구별하지 않아야 하고, 특히나 아이들 앞에서는 너와 나를 따져선 안 된다. 세상 모든 아이들은 굶주리지 않을 권리, 행복할 권리가 있다.

내가 만난 아프리카 아이들도 다르지 않다. 아무리 헐벗고 가난해도 아이다움은 그대로다. 천진난만하게 친구들과 어울려 뛰고 달리면서 장난을 치는 순간만큼은 외로움도, 슬픔도 잊고 내일에 대한 희망을 갖는다. 내게 세상의 아이들 모두는, 바로 내 가족의 다른 이름이었다.

아프리카 아이들을 위해 지속적으로 할 수 있는 일이 무엇일지 고민하던 차에, 현지 사정에 밝은 임홍세 감독과 많은 이야기를 나누게 되었다. 그리고 서로의 진정성을 확인하는 순간, 호형호제하며 곧바로 의기투합했다.

우리가 처음 함께한 일은 케냐에 희망 축구단을 만드는 프로젝트였다.

어느 나라나 마찬가지만 아프리카에서도 단연 축구가 최고의 인기 스포츠다. 많은 아이들이 코트디부아르의 드록바나 야야 투레처럼 세계적 축구 선수들을 바라보며 꿈을 키운다. 우리는 케냐 각지에서 축구 오디션을 실시했으며 10여 차례에 가까운 오디션 평가전을 치러 열여섯 명으로 이뤄진 유소년 희망 축구단을 만들었다. 그리고 유소년 축구

학교도 만들었다. 이들은 우리나라 K리그에 진출할 수도 있고 더 나아가 잉글랜드 프리미어리그EPL에 진출할 수도 있다. 이러한 일련의 과정은 그들의 잡히지 않을 것 같은 꿈을 현실화해줌으로써 나도 할 수 있다는 용기와 희망을 전파하고자 하는 캠페인이었다.

케냐에서의 프로젝트를 잘 끝마친 우리는 두 번째로 '남수단 프로젝트'에 돌입했다.

남수단 프로젝트도 케냐에서처럼 스포츠를 통해 희망과 자부심을 고취하는 방향에 중점을 두었다. 남수단의 상황으로 볼 때 IOC(국제올림픽위원회) 회원국이 되고 올림픽 출전 자격을 획득하는 것이 이러한 일이라는 데 의견 일치를 보았다. 가슴에 자국 국기를 단 선수들이 세계 선수들과 겨루는 모습을 보는 것처럼 한 나라 국민이라는 자긍심을 절절히 느낄 때가 있을까? 이런 모습은 국가를 막론하고 국민들에게 가슴 뜨거운 감동을 안겨준다.

의견이 일치되자 곧바로 실행에 들어갔다. 2016년 리우올림픽까지 2년여밖에 남지 않았기에 모든 일을 신속히 처리해야 했다.

IOC에 가입하려면 최소한 다섯 개 종목 이상 체육 단체가 필요했으므로, 기존에 있던 축구와 태권도에 더해 여섯 개 종목을 신설, 체육협회를 창립했다. 이후 남수단올림픽위원회South Sudan Olympic Committee를 창립하고 IOC에 가입을 신청해 2015년 8월, 드디어 정식 회원국으로 승인을 받았다. 그동안 임흥세 감독은 남수단올림픽위원회 부위원장과 국가대표팀 총감독이라는 중책을 맡게 되었고, 나 또한 홍보대사직을 제안받아 흔쾌히 수락한 상태였다. 이후 올림픽조직위원회 기획단까지 맡으며 모든 행사의 총기획을 담당하게 되었다.

마침내 2016년 브라질 리우올림픽에 남수단 선수단이 당당히 자국 국기를 달고 출전했다. 비록 선수 세 명만이 올림픽 첫 참가국 와일드카드로 출전했지만 숫자는 중요하지 않았으며, 그 자체로 감동과 희망이 되었다.

올림픽 전에 난 깜짝 제안을 받았다. 올림픽 개폐회식 때 기수를 맡아달라는 부탁이었다. 하지만 정중히 거절했다. 남수단 역사에 길이 남을 순간에 자국의 국기는 그 나라 기수가 드는 게 마땅하다는 생각에서였다. 이 또한 나는 친구로서 그들과 함께 나눈다는 것, 그것으로 족했기 때문이다.

남수단의 올림픽 출전을 위해 여러 가지 일을 했다. 남수단 국가대표 코치진 열아홉 명을 초청했고, 서울시 체육회의 도움을 받아 24일간 선진 코칭 시스템을 전수해주었다. 그리고 아프리카로 날아가 내전으로 신음하는 모든 아프리카 국가들의 평화를 기원하며 아프리카 피스 콘서트를 개최했다. 단언컨대 내 생애 모든 무대 중에서 가장 흥겹고 감동적인 공연이었다.

"너희 말로 '친구'가 뭐니?"

"싸빗."

남수단에 도착해서 제일 먼저 던진 질문이다. 대부분 '사랑합니다'나 '안녕하세요' 또는 '감사합니다'를 어떻게 말하는지 물어보는데 나는 그 나라 말로 '친구'가 무엇인지 물어본다.

남수단어로는 친구가 '싸빗'이고 스와힐리어로는 '라삐끼'다. 어쩌면 그 말들은 내가 그 나라 사람들에게 가장 하고 싶은 말이기도 하고, 가장 듣고 싶은 말일 수도 있다. 어느 나라 말이건 친구를 뜻하는 단어는 하나같이 예쁘고 어감도 좋다. 친구의 스와힐리어인 라삐끼라는 말을 들었을 때 그런 느낌이 들었다.

갑자기 개그 본능이 발동해서 생각해보았다.

'이태원이나 신사동의 삐끼가 여기서 유래된 건가? 도대체 아프리카 친구들이 언제 우리나라에 왔지?'

그렇게 '싸빗'이 되어 바라본 아프리카의 남수단….

텔레비전이나 대중매체를 통해 비쳐지는 아프리카는 정말 죽지 못해 사는, 사람이 살 수 없는 곳처럼 보인다. 그러나 직접 본 아프리카와 아프리카 사람들, 그들의 해맑은 웃음을 보며 감히 누가 누구를 불쌍하다고 하는 말이 너무 교만하다는 생각도 들었다.

우월이니 열등이니 논할 것도 없고, 잘산다 못산다 말할 것도 없다. 그 나라의 그 땅에서 그 나라 사람들이, 자신들만의 독특한 문화와 전통을 지키며, 나름의 방식대로 사랑하며 열심히 살 뿐이다. 움집에서 살건, 나무로 얼기설기 만든 집에서 살건 별다른 생각이 들지 않았다. 우리도 옛날에 그렇게 살았고, 그 시대에는 가장 합당한 삶이었을 것이다! 그러면서 나름대로 운치와 낭만을 향유했을 터이다. 내가 행복한데 타인들이 자기 행복의 잣대로 나를 불쌍하게 여기는 게 과연 온당할까?

아프리카에 다녀온 후, 작은 것 하나에도 감사하며 나눌 줄 아는 그들 덕분에 무엇이 정말 행복한 삶인지 내 삶을 반추해보게 되었다. 더욱 낮아지고 겸허해지겠다는 마음과 더불어 내려놓는 삶의 홀가분함을 생각했다. 죽는 날까지 어떤 미련도, 마음 한 자락도 남길 일 없이 정말 소박해지겠다고 다짐했다.

소박해질수록 내 행동에는 삿된 마음이 깃들지 않을 것이며, 쓸데없는 걱정은 줄어들 것이다. 잃을 것이 없을 때 진정 난 자유로울 것이며, 적어도 비굴하거나 쪽팔리는 선택을 하진 않을 것이다!

Can you speak English?

케냐에 처음 갈 때 재미있는 일이 있었다. 아프리카니까 당연히 스와힐리어를 사용하는 줄 알고 스와힐리어 회화책을 샀다. 한 달여를 꼬박 공부해서 최소한의 의사소통 정도는 하게 되었다. 케냐에 도착해서 아이들을 만나고 의기양양하게 스와힐리어로 말을 건넸다.

나 : (스와힐리어로) 안녕? 애들아 반가워~.

아이들 : ….

나 : 나 한국에서 온 가수야. 되게 유명해~ ^^.

아이들 : ….

나 : (속으로) 왜지? 내가 무섭나?

이윽고 아이들이 입을 열었다.

아이들 : Can you speak English?

나 : …?

아이들 : We speak English. Can you speak English?

알고 보니 케냐는 영국령이라 영어를 사용했다. 그래서 나도 영어로 말하면 서도 한 달여 고생이 아까워서 꿋꿋이 스와힐리어도 사용했다. 스와힐리어는 어감이 참 예쁘다.

남수단
에필로그
/

아프리카 피스 콘서트…. 평화라는 의미를 찾아 기획한 공연이지만 나는 아프리카 특유의 흥과 한으로 무장한 아프리카 뮤지션들에게 큰 영감을 받았다. 여태껏 한 번도 겪어보지 못한 충격에 가까운 음악이었다. 노래하는 사람은 노래로 세상을 보고 느낀다는 말에 전적으로 동의하는 순간이었다.

아프리카를 지원한다는 말만 나오면, 한국에도 도울 데가 많은데 뭣하러 먼 남의 나라까지 챙기느냐고 마뜩잖아하는 사람들이 더러 있다. 하긴 나도 예전에 그런 사람 중 하나였다. 누구나 생각이 변화되는 시점이 있는데, 내겐 아프리카 케냐를 첫 방문했을 때가 그랬다. 나눔에 대한 깊이와 넓이를 재조정하는 시간이 되었다. 이처럼 나의 시야와 가치관을 재정비하게 되어 기쁘고 행복하다.

아프리카에 가기 전에 내가 다니는 '시냇가푸른나무교회' 신용백 목사님이 하신 말씀이 있다.

"장훈 형제, 아프리카는 하나님이 정해준 사람만 가는 곳이에요."

그만큼 견디기 힘들고, 그러기에 그곳에서 행하는 나눔이 아프리카 사람들에게 기적처럼 소중한 결실을 맺어준다는 의미였다. 아프리카를 다녀온 지금은 그 말씀이 절절히 느껴진다. 아프리카 사람들의 눈빛과, 친구가 되어 그들에게 도움을 주는 사람들의 고귀한 정신을 몸으로 체득한 결과이리라.

그 교회가 남수단에서 달걀 나눔 선교를 한다는 사실도 알지 못했다. 아프리카 몇 곳에 양계장을 지어 매일 사람들에게 달걀을 나누어 준다고 했다.

남수단 가수 임마누엘 캠베가 부르는 〈엄마 나 이제 지쳤어요〉라는 노래가 있다. 제목만으로도 전쟁과 내전에 피폐해진 그들의 일상이 그려져 자못 심각해진 나는 "엄마, 난 이런 삶과 전쟁에 지쳤어요…"라는 가사를 흥얼거렸다. 순간, "엄마 나 이제 여자에 지쳤어요…"라는 통역의 친절한 멘트!

여자를 너무 만나서 이제 지겨워졌다고 엄마한테 투정하는 노래란다.

풉…. 사람 사는 세상 다 똑같구나!

전쟁 중에도 사랑의 꽃은 피고 이별에 눈물짓는다.

5
/
독도를
수읽기 하다

고독한 섬

/

대한민국 국민이라면 누구나 본능적으로 독도는 '우리 땅'이라고 그 섬의 '정체'를 알아차리는 듯하다. 의식하지 못해도 숨을 쉬듯이 너무나 당연해서 오히려 무감각해지는 현실이랄까? 하긴 우리나라에는 3천 800여 개 섬이 있고 독도는 그중 하나일 뿐이다. 가뜩이나 먹고사는 일도 팍팍한데 '섬 하나' 의식하지 못하는 게 뭐 그리 큰 문제일까 싶다. 그런데 아이로니컬하게도 그 감각을 깨우는 건 이웃 나라 일본이다.

화생방 훈련을 받고 나면 새삼 맑은 공기의 소중함을 깨닫듯이 독도가 자기네 땅이라고 우기는 일본의 억지 때문에, 독도는 일개 섬이 아니라 '독도'로서 고유의 위상을 획득하게 되었다. 즉 일본이 독도를 노리는 순간, 독도는 대한민국을 대표하는 섬이 되고, 그것은 곧 독도가 유린당하면 대한민국이 유린당하는 것과 마찬가지 결과로 인식된다. 일제강점기 36년간의 치욕이 아직도 청산되지 못한 과거사에 울분을 금치 못하는데 참회와 사과는커녕 독도를 국제사회의 분쟁 지역으로 끌고 가려는 일본의 야욕에 분노하지 않을 수 없다.

이미 많은 국민들이 독도의 중요성을 알지만, 일상에서 독도를 위해 할 수 있는 일에는 한계가 있다. 슬프게도 일본의 도발이 있어야 독도를 떠올리고, '독도는 우리 땅'이라는 공허한 외침으로 분노를 대신하는 게 현실이다. 나 역시 그랬으니까.

독도를 위해서 뭔가 실질적인 행동을 하겠다고 생각한 것은 2003년 미국에서 공황장애 판정을 받고 한국으로 돌아온 다음이었다. 집 떠나면 애국자라고 외국 생활은 조국에 대한 그리움과 소중함을 뼈저리게 느끼게 해주었다. 게다가 공황장애로 여러 차례 죽음의 고비를 넘나들다 보니 내 나라 내 땅이 한층 애틋하고 각별하게 여겨졌다. 스스로 잠깐 조국을 뒤로한 것도 이렇게 힘겨운데 나라 잃은 사람들의 서러움은 어땠을지 상상만 해도 가슴이 뻐근하고 명치끝이 저렸다. 공황장애로 바닥을 치고 돌아온 이상, 앞으로의 삶은 어쩌면 하나님이 주신 보너스가 아닐까 생각했다. 이제는 좀 더 사람들을 생각하고 국가에 이바지하는 삶을 살겠노라 다짐하기도 했다.

그러던 차에 '반크VANK : Voluntary Agency Network of Korea'에 관한 기사를 보게 되었다. 반크는 민간 사이버 외교 사절단으로, 한국을 알고 싶어 하는 외국 사람들에게 이메일이나 다양한 홍보 수단을 통해 우리나라에 관한 여러 가지 정보를 알려주고 있었다. 특히 한국에 관한 잘못된 정보를 찾아서 알리고 교정을 권고하는가 하면, 금속활자로 만든 세계 최초의 책《직지심체요절直指心體要節》을 홍보하고, 일본이 《방위백서》에서 독도를 일본 땅으로 표시한 사실을 알린 활동이 유명하다. 그 중 동해의 국제 표기를 '시 오브 재팬Sea of Japan'에서 '동해East sea'로, 독도의 국제 표기를 '다케시마Takeshima'에서 '독도Dokdo'로 올바르게 수정하려는 활동이 가장 널리 알려졌다. 그래서 보통 반크가 이런 민족주의적인 활동만 한다고 생각하는데 실은 음식, 문화, 한글 등 활동 분야의 제한 없이 한국을 홍보하는 일에 앞장선 단체다.

나는 무작정 반크 사무실로 찾아갔다.

"안녕하세요?"

"어떻게 오셨는지…?"

"여기 단장님 좀 뵈러 왔습니다."

"무슨 일이신지요?"

"평소 기사에서 반크가 하는 활동을 많이 봤습니다. 너무 감동적이어서요. 감사한 마음에… 제가 홍보대사를 맡으면 어떨까 해서요?"

"네에?"

본래 단체에서 홍보대사를 해달라고 요청하지 연예인이 먼저 제안하는 경우는 거의 없다. 그때까지 나는 이미 여러 곳에서 들어온 제안을 정중히 사양한 터였다. 홍보대사를 한다고 해놓고는 연예인이라 바쁘다는 이유로 열심히 활동하지 못할까 봐 걱정이 되었기 때문이다. 그런데 반크를 지켜보니 이토록 훌륭한 곳은 널리 알려 참여를 유도해야겠다는 생각이 들었고, 함께할 방법을 찾다 보니 아무래도 홍보대사가 적임이었다. 그래서 자발적으로 홍보대사를 맡겠다고 제안한 것이다.

그러고는 보기 좋게 '딱지'를 맞았다.

반크의 박기태 단장은 신중했고 뭔가 미심쩍은 눈초리였다. 나도 뭐라 할 말이 없어서 "좋은 일 같아서… 같이 해보고 싶어서…" 왔다고 말하고는 그의 안색을 살폈다. 그는 잠시 당황한 표정을 짓더니 홍보대사는 나중에 생각해보기로 하고 일단 조금씩 활동을 해보는 게 어떻겠냐고 되물었다. 오히려 기뻤고 박기태 단장의 그런 모습에 신뢰가 갔다.

'제대로 찾아왔군!'

그다음부터 반크와 함께 '독도 훼스티발'이란 타이틀로 공연도 하고 기부도 하며 서로 신뢰를 쌓아나갔다. 약 1년 뒤 나는 반크의 홍보대사가 되었다. 어쩌면 검정고시에 합격했을 때보다 더 기뻤던 것 같기도 하다.

아는 만큼 보인다고 했던가. 반크와 여러 가지 활동을 하면서 독도 관련 공부를 하기 시작했다. 막연한 지식이나 감상적 추론으로는 누구도 납득시킬 수 없음을 알았다. 역사적 기록과 검증된 자료를 찾아 부단히 공부하고 또 공부했다. 그러다 보니 확신이 섰다. '아, 독도가 한국 땅이라는 명백한 근거가 있구나!'

사실 '내 나라 내 땅'이라는 대의명분에 더해, 독도 문제 역시 내 개인 성향과 맞물려 인식되는 부분이 컸다. '갑질'이나 힘 있는 사람이 힘없는 사람을 내리누르는 행태를 못 참는 내게는, 독도를 분쟁 지역으로 만들겠다는 일본의 행태가 개인 간의 논리와 똑같이 이해되었다. 권력자나 부자들이 힘없고 가난한 자들에게 '갑질'을 하듯이, 힘 있는 국가가 힘없는 국가를 업신여기며 발치에 두려 하는 것이다.

점점 더 적극적으로 독도를 알리는 일에 앞장섰다.

'독도 훼스티발'이라는 공연을 기본으로 '8·15 독도수영횡단프로젝트', '독도 사진 찍기 운동', '이세돌 9단과 함께한 독도 나눔대국' 등 그때그때 시기에 맞는 행사를 개최했다. 해외에서는 뉴욕 소호와 상하이에서 독도 아트쇼와 위안부 특별전을 개최하는 등 국내는 물론 국외에 독도를 '알리는' 광고를 했다. 독도가 '우리 땅'이라고 주장하기보다는, 아름다운 '대한민국의 섬'이라는 것을 국내외에 부각시키는 전략을 택했다.

그중에서도 《뉴욕타임스》지 같은 세계적 정론지들에 게재한 전면 광고와 뉴욕 '타임스퀘어 전광판' 광고는 많은 사람들 입에 오르내린다. 사실 실효성에 대한 의문을 제기하는 사람도 간혹 있다. 그런데 함께 광고를 낸 서경덕 교수와 내가 노린 것은 바로 그 부분이었다. 외국 사람들이 아니라 우리나라 사람들에게 독도를 주지시키는 것!

기실 《뉴욕타임스》지나 타임스퀘어 전광판에 독도를 띄운다고 외국 사람들의 독도에 대한 관심이 드라마틱하게 증폭될 가능성은 크지 않다. 그렇다면 그토록 많은 돈을 들여 맨해튼 거리에 광고한 이유는?

앞서 말한 대로 사람들의 주의를 환기하는 일이었다. 다른 어느 곳보다 맨해튼 거리에 광고를 내면 그 반응은 오히려 맨해튼보다 우리나라에서 더 크게 일어난다. 외국인들에게는 거리를 걷다 스치듯 본 수많은 '전광판 광고 중 하나'일지라도, 우리나라에서는 그 광고가 화제를 불러일으키고 그만큼 언론에서도 많이 다루게 된다. 분위기를 환기해 우리 국민의 독도에 대한 관심을 높이고 그 관심을 다시 '독도 지키기'에 대한 현실적이고 구체적인 전략으로 발전시킨다면 그만큼 일본도 섣불리 독도를 넘볼 수 없으리라는 전략이었다.

"독도를 지키는 데 있어 가장 경계해야 할 적은 일본이 아니라 우리 자신의 무관심입니다. 독도를 온전히 지켜내려면, 무엇보다 독도에 대한 국민의 지속적 관심이 선행되어야 합니다."

또한 실효 지배의 중요성을 강조하고 싶다. 일단 국민들이 많이 가서 신나게 놀아야 한다. 그리고 그 모습을 카메라에 담아 SNS 등을 통해 전 세계인이 볼 수 있게 만들어야 한다. 사진에 #Dokdo, #Dokdo, Korea, #EastSea 등의 태그를 달아주는 것은 물론이다. 그래서 몇백억 뷰가 나오면 그만한 독도 알리미가 어딨겠는가. 독도는 단지 배경이 되어주면 된다. 군이 독도를 앞세우지 않아도 된다. 문화, 스포츠, 레저 등을 통해 독도에서 행하는 '모든 활동'이 주가 되게 하자. 그 모든 일이 벌어지는 곳이 너무나 당연한 우리 땅 독도다.

결국 독도를 지키는 일에도 마케팅이 중요하다고 생각한다. 그리고 이러한 마케팅보다 선행되어야 할 것이 하나 있다. 독도에 대한 논리적 무장과 배포다. 일본은 독도에 대한 수많은 왜곡을 자행하며 억지 주장을 사실인 양 국제사회에 홍보한다. 그러한 왜곡에는 역사적·지리적·국제법적 정황과 관련된 모든 자료를 취합해 논리적으로 조목조목 반박해야 한다. 내가 잘 쓰는 표현대로 '절대로 대들지 못하게' 해주어야 한다.

이를 위해 동아시아 문제 전문가 호사카 유지(세종대 교수. 반크와 마찬가지로 독도 문제에 대해 믿음직스럽고 든든한 나의 친구이자 전우!) 교수와 1년여에 걸친 작업 끝에 'truthofdokdo.com'이라는 독도 논리 사이트를 만들었다. 이러한 사이트들도 많이 생겨나서 일본이 억지 논리로 만든 사이트들을 무력화하는 일이 가장 시급하다고 본다.

일본의 어느 교수가 우리가 만든 사이트에 대해 조목조목 반박하겠다고 선포했다. 그러나 3년이 된 지금까지 별다른 반박을 하지 못한다.

왜 반박하지 않느냐고 물었더니 "아직 연구 중"이라고 하기에 이렇게 전해달라고 했다.

"죽을 때까지 연구만 하세요."

이러한 연유로 다음 두 가지 문제를 끝없이 정부에 요구해왔다.

첫째, 독도를 비롯한 역사 왜곡 문제를 극복하기 위한 학술계 지원을 강화해줄 것! 특히 교육부 산하 동북아역사재단에 대한 지원을 확충해야 한다.

둘째, 사람들이 좀 더 쉽고 친근하게 독도에 다가가도록 인프라를 구축할 것! 일단 선착장만이라도 조금 더 확충해서 1년에 고작 50일 남짓인 접안 가능 기간을 200일 정도로 늘려야 한다. 그리고 콘크리트로 된 선착장을 독도와 한 몸인 것처럼 만들어야 한다. 친환경적이어야 함은 물론, 모양새 또한 독도와 어울리도록 아름답게 꾸밀 필요가 있다. 몇 년째 요구하지만 한 가지도 시정된 것이 없다.

"도대체 뭣이 중헌디……!!!"

No way

하고 많은 일 중에 왜 '독도'냐고 사람들이 묻는다.

그러면 나는 되묻는다.

"하고 많은 나라 중에 왜 '대한민국'에서 태어났을까요?"

361,
그 우주

/

어릴 적 내 별명은 '바둑이'였다. 바둑을 너무 좋아했으니까.

나는 한국기원 바둑 홍보대사로 아주 열심히 활동한다. 여러 가지 활동 중에서도 특히 중점을 두는 분야는 어린이들에게 바둑을 보급하는 것이다.

홍보 활동을 하면서 어머니들에게 물어본다.

"바둑의 좋은 점이 뭘까요?"

"머리가 좋아지고 창의력과 암기력이 증진돼요."

"맞습니다. 바둑을 두면 분명히 머리가 좋아집니다. 그리고 바둑은 수읽기라서 그게 습관이 되면, 인생을 살아가면서도 늘 경우의 수를 생각하는 신중함을 갖게 되지요. 집중력도 좋아지고요. 하지만 제가 생각할 때 바둑의 가장 좋은 점은 따로 있습니다."

어머니들은 호기심 어린 눈으로 나를 바라본다.

"그건 바로 끝없이 패배를 인정하는 법을 배운다는 것입니다. 모든 경기가 그렇듯 바둑도 이길 때가 있고 질 때가 있습니다. 그런데 바둑은 게임이라기보다는 도에 해당되며 예를 중시합니다. 대국이 끝났다고 벌떡 일어나 가버리는 것이 아니라 복기 시간을 갖습니다. 복기는 놓았던 바둑돌을 다시 놓으면서 승자와 패자가 함께 무엇이 잘못되었는지, 무엇이 잘되었는지 연구하는 일입니다. 그 시간을 위해 승자는 패자를 배려해서 기쁜 내색을 하거나 가벼이 행동하지 않습니다.

패자도 승자에게 축하 인사를 건네며 패인을 분석합니다. '아까 이 수를 다르게 놓았다면…' 하고 여러 가지 경우의 수를 생각하며 복기하다 보면, 어느 순간 결정적 패인을 포착하고 자신도 모르게 '아…' 하고 짧은 한탄을 내뱉게 됩니다. 고개를 끄덕이며 자신이 졌음을 순순히 인정하는 순간이 찾아오는 겁니다. 그렇게 한 단계 성장하며 승자와 패자의 구분 없이 서로 친구가 됩니다. 결론적으로 말씀드리면 바둑을 두면 머리가 좋아지는 건 당연지사고 훌륭한 인격까지 갖추게 됩니다."

어머니들은 흡족한 듯 다시 고개를 끄덕거린다.

"요즘은 경쟁에서 한번 탈락하면 세상이 끝장난 듯 여깁니다. 극도의 불안감으로 점점 인간성을 상실하기도 하죠. 경쟁에 이기려고 불법도 마다않고, 졌다는 이유로 그야말로 '막장 드라마'를 연출하는 사람들도 있어요. 그런데 사실 한 번 진다고 세상이 끝나는 거 아니잖아요? 오히려 패배를 인정하고 노력할 때 분명히 좋은 결과가 찾아옵니다.

저는 바둑 보급과 우리 아이들의 미래가 관련이 있다고 봅니다. 제가 그랬거든요. 저는 지는 걸 절대 용납 못 하는 성격이었습니다. 하지만 바둑을 두면서 패배를 인정하는 법과 승자를 존중하는 법, 패자를 배려하는 법을 배웠습니다. 이렇게 지더라도 받아들일 줄 아는 아이들이 청년이 된 대한민국과, 그렇지 않은 아이들이 자라난 대한민국은 전혀 다른 곳일 거라 확신합니다.

그렇다면 바둑을 가르칠까요? 말까요?"

고개를 끄덕이던 어머니들이 한목소리로 외친다.

"가르쳐야 해요!"

하지만 뭐니 뭐니 해도 바둑의 가장 큰 매력은 '재미있다'는 것이다. 몇십 년을 두었는데도 바둑은 정말 재밌다.

6
/
곡비,
대신 울어주는 남자

참을 수 없는 존재의
무력함

/

아이가 갔다. 10년이 지나도 잠 못 이루는 밤만을 남긴 채 그렇게 속절없이 떠나갔다. 지금도 악몽을 꾸게 하고, 자다가 깨면 갑자기 숨이 막히고 눈물이 흐르게 하는 아이. 차마 이름을 입 밖에 낼 엄두도 못 내게 하는 사랑하는 내 조카!

처연하게 화창한 봄날이면 조카가 떠났다는 사실도 잊고 같이 손잡고 소풍 갈 생각에 혼자 차를 타고 가다가도 미친 사람처럼 피식피식 웃곤 했다. 그러다 현실로 돌아오면 더 큰 먹먹함이 기다릴 뿐이었다.

그러던 어느 봄날이었다.

- 아이들이 죽었습니다.
- 304명의 국민이 죽었습니다.

2014년 4월, 진도 앞바다에서 마지막 희망이 꺼지듯 배의 선수가 가라앉던 날, 미친 듯이 소주를 털어 넣다가 떠오르는 기억은 다섯 살 조카의 죽음 앞에 무기력했던 그날이었다.

꾸역꾸역 잔을 털어 넣고 대신 속엣것을 게워내려 할 때 기다렸다는 듯이 울음이 먼저 치고 올랐다. 나는 통곡했다. 조카의 주검 앞에서 허물어지는 어머니와 누나를 지키며 삼켰던 울음까지 게워내듯 울고 또 울었다. 또다시 속수무책 지켜봐야 하는가. 저 어린 것들을 이렇게 보내야 하는가. 하얀 천을 씌워 들것에 실은 주검의 행렬. 그리고 그 위를 덮은 담요 한 장…. 얼마나 춥고 무서웠을까. 어떻게 저 잔인한 시간을 견뎌냈단 말인가. 암흑 같은 고독 속에서 자신의 임종을 스스로 지켜야 했던 아이들. 아팠다. 아파도 너무 아팠다.

조카의 죽음 앞에서도, 저 아이들의 죽음 앞에서도, 이렇게 발을 구르며 통곡하는 일밖에 할 수 없단 말인가. 나의 무력함이 치 떨리게 분하고 억울했다.

누나… .

우리 이제 동길이도 얻었는데 내가 그 얘기 좀 해도 될까?

누나 괜찮겠어?

텔레비전에서는 자식을 잃은 부모가 오열한다. 돌아오지 못한 가족을 기다리며 하염없이 바다만 바라보는 사람들. 자식을 삼킨 바다에 꽃을 던진다, 밥을 띄운다. 그 밥이라도 온전히 전해달라고 바다 앞에 무릎 꿇어 빌고 또 빈다. 세월호 참사가 벌어진 지 50일이 지난 6월 초였다. 누나가 말없이 고개를 끄덕였다. 웃으며 끄덕였지만 속으로는 울고 있었을 것이다.

'그 얘기….' 버젓이 이름이 있어도 한 번도 입 밖에 내본 적이 없다. 턱밑까지 차올라 찰랑거리지만 방파제를 넘을 수 없는 파도처럼 스러지는 이름이다. 슬픔을 나누면 반이 된다던데, 어떤 슬픔은 나누면 배로 불어나나 보다. 우리 가족에겐 조카의 죽음이 그랬다. 우린 아무도 조카 이야기를 하지 않는다. 내 목소리를 타고 나온 이름이 다시 내 귓전을 스칠 때, 그 서늘한 낯설음과 추억의 무게를 감당하기 힘들었다.

16년이란 세월이 지나고, 그동안 동길이라는 천사를 얻었지만 빈자리는 메워지지 않았다. 손가락이 열 개라도 다 같은 손가락이 아니다. 한 명, 한 명 아이마다 부모에게 존재 의의가 다르고 가정에서의 자리매김이 다르다. 부재는 부재로 남을 뿐 그 무엇도 대신할 수 없다. 자식이란 그런 존재이며, 국민이란 국가에 그런 존재다.

조카를 생각하면 나는 아직도 자다가 벌떡 일어나서 운다. 혼자 울면서도 차마 이름을 부르지 못한다. 삼촌인 나도 이런데 엄마인 우리 누나는 오죽할까…. 그 마음이 서러워서 또 운다. 바보 삼촌은 어느새 울보 삼촌으로 변해 있었다.

그럼에도 '조카 이야기를 하지 않는다'는 묵계를 깬 건 나였고, 그런 나를 깨뜨린 건 세월호 참사였다.

2014년 4월 16일, 그날 나는 중국 상하이에 있었다. 그 전해(2013년 11월)에 뉴욕에서 열린 '독도 아트쇼 in 뉴욕'의 성공을 발판 삼아 세계 각지에 독도와 우리의 영유권을 알릴 셈이었으며, 그 2탄 격으로 중국 상하이에서 독도 아트쇼를 준비했다.

중국은 우리나라와 함께 일본 제국주의의 피해국으로, 치욕의 역사와 잊지 말아야 할 고통에 대해 자연스레 공감대가 형성된 나라였다. 중국 에이전시를 통해 중국 최고의 석학들과 주 상하이한국문화원을 섭외하고, 독도와 더불어 한중 위안부 문제까지 대두시키기로 합의했다. 그 결과, 2014년 4월 17일부터 한 달 동안 주 상하이한국문화원에서 '독도 아트쇼 & 한중 위안부 특별전'을 개최할 예정이었고, 나는 4월 10일 중국에 입국해서 준비에 만전을 기하던 터였다. 바로 다음 날이 오프닝이었기 때문에 말할 수 없는 흥분과 긴장감에 사로잡혔다.

'이제부터가 진짜다. 이 지긋지긋한 억지싸움… 이제 끝내자!'

이렇게 희망찬 결의를 다지는 내게 매니저가 심상치 않은 얼굴로 다가왔다.

"형, 한국에 큰일이 났나 봐요."

"…?"

"배가 좌초되어 사람들이 물에 빠졌대요."

"물에 빠지면 요즘은 거의 구하잖아. 구했겠지."

난 좀 심드렁했다. 지금이 어떤 세상인데 배가 좌초됐다고 사람이 죽나. 아무리 허무맹랑한 일이 횡행하는 한국이라지만 설마했다.

당시 나는 한국을 떠나 외국에서 활동한 지 1년쯤 되었다. 2013년 4월, 누적된 피로와 급격한 허무감, 세상의 무게에 밀려 미련 없이 일상을 정리하고 떠나온 한국이었다. 2003년에 그랬듯 또다시 익숙한 현실에서 벗어나 나를 잘 모르는 세상에서 바닥을 치면 노래에 대한 설렘을 되찾을 거라 생각했다.

'그러면 또 무대에서 설레며 자유할 날이 오겠지.'

그렇게 3년여를 기약하고 떠났고 이제 막 1년이 지난 시점, 나는 한국 사회가 돌아가는 형편에 다소 둔감해졌다.

"쓸데없는 얘기 하지 말고, 내일 일정이나 다시 체크해봐."

매니저는 석연치 않은 얼굴로 고개를 갸우뚱거렸지만, 난 가볍게 응수한 후 곧바로 앞으로의 일정에 골몰했다. 오프닝 후 일주일 동안 손님을 맞이해야 하고 옌벤, 후난, 난징을 차례로 돌며 중국 투어 공연과 독도 아트쇼를 병행해야 했다. 일정 가운데 북미 공연까지 기획해놓은 터라 다른 일은 생각할 겨를이 없었다.

다음 날 매니저가 다시 상기된 얼굴로 말했다.

"형, 아무래도 분위기가 심상치 않아요. 오늘 공연, 취소해야 할 거 같은데…."

"무슨 소리야?"

"어제 말한 그 배… 아직까지 못 구해서 사람들이 배 안에 갇혀 있대요. 그것도 300명이 넘는다던데…."

"말 같지도 않은 소리 하지도 마. 그걸 왜 못 구해? 물에 떠 있으면 구명복만 입어도 사는 거야. 구조대가 재빨리 건지면 되는데 그걸 왜 못 해?"

"그게 아니라…."

"아직 확실치도 않은 일이잖아. 그리고 오늘 공연은 공적 약속이야. 사적 약속도 아닌데 명확한 이유 없이 기획된 공연을 갑작스레 접는다는 건 말이 안 되지. 지금 베이징에서 가수들이 오고 기자들도 다 스탠바이가 된 상태인데…. 더구나 이건 중국 사람들과의 약속이야. 자, 일단 오늘 잘 끝내놓고 상황을 지켜보자."

그렇게 말하면서도 왠지 불안한 마음은 어쩔 수가 없었다. 애써 이 불안함이 오늘 공연 때문이라 치부하며, 그렇게 또 한 번 불길한 직감을 외면하려 했다.

공연은 성공적이었다. 기자들과 방송사들이 몰려오면서 파장이 일었고 중국 신문과 방송에서도 비중 있게 다뤘다. 이대로라면 앞으로의 일정도 순탄하리라. 가슴을 쓸어내리며 잠시 기쁨을 만끽했다. 그러나 그 기쁨이 고배를 마시기 전의 성찬이었음을 깨닫는 데는 그리 오래 걸리지 않았다. 성공리에 공연을 마쳤지만 이상하게 계속 가슴이 두근거렸다. 그날 밤 숙소에 도착하자마자 인터넷을 뒤졌다. 도대체 내 나라 내 땅에서 무슨 일이 벌어진 거지?

세월호에 관련된 기사라면 하나도 놓치지 않고 샅샅이 뒤졌다. '아니야, 아닐 거야'를 되뇌면서 끝없이 스크롤하는데, 인터넷에는 도저히 믿을 수 없는 기사들로 가득 차 있었다.

머리보다 먼저 반응하는 건 언제나 가슴이었다.

'…아직까지 배에 있다. 지금 못 나왔으면 다 죽었다는 건데…, 공기 탱크고 뭐고 이틀 동안 못 나왔으면… 아니 어떻게 이럴 수 있지? 도대체 뭐냐고…! 이게… 뭐지…?'

조금이라도 희망적인 소식은 없을까, 혹시나 새로운 구조 소식은 없을까…. 읽은 기사를 읽고 또 읽고, 동영상을 보고 또 보다 날이 밝아버렸다.

그리고 그 아침, 매니저에게 얘기했다.

"한국 가자."

"형… 여긴 어떡하고요…."

다시 한 번 생각해보라는 매니저의 권유를 뿌리치고 귀국 절차를 밟았다. 그리고는 함께 공연과 전시를 기획했던 중국 에이전시와 관계자들을 만나 양해를 구했다.

"죄송합니다만 한국에 큰 변고가 생겨서 돌아가겠습니다. 나라에 너무나 아픈 일이 생겼는데 여기서 아무 일 없다는 듯 행사를 진행하는 건 가슴이 허락하지 않습니다. 일단 시작은 했으니 뒷일은 문화원 여러분께 부탁드립니다. 정말 죄송합니다. 이해해주시길 바랍니다."

사안이 사안이다 보니 모두들 너그러이 이해하며 걱정해주었다.

막상 돌아오긴 했으나 앞길이 막막했다. 당장 들어가 몸 누일 곳 하나 없었다. 2013년 떠날 때 3, 4년은 돌아오지 않으리라 마음먹었기에 가구며 세간살이는 물론 전월세 집까지 정리를 한 터였다. 급한 대로 호텔 서너 군데를 전전하다가 레지던스 호텔에 들어갔다. 그리고 전혀 예상치 못한 칩거 생활이 시작되었다.

하루 종일 텔레비전만 봤다. 분노인지 슬픔인지 형언할 수 없는 감정은 '그래도 혹시…' 하며 텔레비전 화면에서 눈을 뗄 수 없게 만들었다. 기적을 바랐다. 그러나 기적은 없었다. 그런 건 최선을 다한 후에야 바랄 수 있는 일이다. 하지만 구조 활동에서 최선을 다하는 모습은 보이지 않았다. 애타는 바람과 다르게 머리는 '이제 끝났구나… 못 구한다…'라고 이성적으로 말했다.

버젓이 탈출한 선장에 대비되는 아이들 모습. "그대로 가만있으라" 는 방송의 지시대로 서로의 어깨에 기대어 얌전히 구조를 기다리는 착한 아이들. 너무나 참담했고 모든 게 허무했다. 꼬박 한 달여를 아무것도 하지 않고 넋이 나간 채 틀어박혀 살았다. 당시 나는 폐인이나 다름없었다. 아마도 평생 흘릴 눈물을 그때 다 흘린 것 같다.

"형, 어쩌려고 이래요. 이렇게 꼼짝 않고 틀어박혀 있으면 어쩔 건데…. 공연 잡아놓은 건 또 어쩌고요. 형 이런 사람 아니잖아요. 형이 나선다고 해결될 문제도 아니고…."

매니저가 아무리 걱정해도 무기력함을 어쩔 수 없었다.

"나서고 안 나서고가 문제가 아니라… 내 마음이 뭘 할 상황이 아니야. 네 말처럼 나 이런 사람 아니잖아. 그래, 여태까지 내가 이런 적 있니? 처음이잖아."

정해진 향방은 없었다. 한 치 앞도 모를 일이었다. 지금은 그냥 이대로 있고 싶었다. 슬픔을 충분히 애도하지 못하면 다음이란 없다. 이 슬픔을 제대로 애도할 방법이 무언지 그때까지는 알 수 없었다. 분노든 적개심이든 의혹이든, 적어도 무언가 뚜렷한 감정선이 잡혀야 했다. 그러기까지 유일하게 할 수 있는 일은 무기력한 눈물을 흘리는 것뿐이었다. 그게 최선이었다.

한 달여 칩거 끝에 6월 5일 처음으로 안산 분향소를 찾았다. 차마 고

/ 부조리한 세상에 눈감은 채
노래만 할 수 없었다.
세상이 울고 있는데
노래만 하는 건 모순이었다.

개를 들 수 없었다. 영정 속에서 아이들이 해맑게 웃었다. 유가족을 만났다. 아무 말도… 할 수 없었다.

If I'm Not Back Again This Time Tomorrow
내가 내일 이 시간에 돌아오지 못하더라도
Carry On Carry On.
살아가세요, 살아가세요.
As If Nothing Really Matters
아무 일도 없었던 것처럼
…(중략)…
Anyway The Wind Blows….
어찌 됐든 바람은 불죠….

− 퀸Queen, 〈보헤미안 랩소디Bohemian Rhapsody〉 중에서

광화문,
가슴으로 가는 길

/

"조카가 다섯 살 때 하늘나라에 갔습니다. 그때의 참담함은 말로 할 수가 없었습니다. 자식 같은 아이였는데… 사실 어떤 위로가 소용이 있겠습니까마는… 그런데 저는 이런 생각을 합니다. 언젠가 다시 만날 거라고… 누가 뭐래도 저는 믿습니다. 조카가 제 공연을 보고 싶었대요. 삼촌 공연 보고 싶다는 게 마지막 말이었다는데 그 말이 너무 아팠습니다. 하지만 언젠가 조카를 만나러 하늘나라에 갈 테고 그곳에 가서 꼭 노래를 해줄 거라 믿으니 조금 덜 아프더라고요…. 그러니 일단 사셔야죠…."

유가족들께 무어라 할 말이 없었다. 그때 생각나는 건 먼저 하늘나라로 간 조카였다. 세월호 유가족들의 아픔을 모두 헤아릴 순 없지만 비슷한 아픔을 나도, 우리 가족도 겪었다는 것을 털어놓음으로써 그분들이 외롭지 않음을, 혼자이지 않음을 말씀드리고 싶었다. 철학자 슬라보예 지젝Slavoj Žižekek은 "상처는 당신을 찌른 그 창만이 치유할 수 있다"고 했다. 어쩌면 나는 '내가 상처받은 그 창으로 타인의 상처를 조금이나마 치유할 수 있다'고 생각했는지도 모른다.

2014년 7월 14일, 세월호 유가족들이 수사권과 기소권을 포함한 세월호 특별법 제정을 위한 무기한 단식에 돌입했다. 그저 내 아이가 왜 죽었는지 알고 싶었던 사람들의 진실을 향한 발로였다. 나 역시 유가족들과 함께하며 광화문과 팽목항을 오가던 시간이었다. 그러나 정치권 일각에서 단식의 본질을 퇴색시키려는 시도가 보이기 시작했다. 유가족 의사와 상관없이 정치권에서 제안한 대학 특례 입학, 의사자義死者 지정, 평생 생활 보장, 추모공원 건립 등을 유가족들이 먼저 요구한 것처럼 보도함으로써 단식의 진의를 왜곡하고 국민들의 오해를 유발했다.

일부 사람들의 시선이 싸늘하게 바뀌는 가운데 지칠 대로 지쳐 쓰러지는 유가족들이 속출했다. 속이 까맣게 타버린 사람들이 한여름 광장에서 버티는 것 자체가 애당초 말이 안 되는 이야기였다. 그러나 2014년 여름, 그런 일이 당연한 듯 벌어지는 곳이 대한민국의 현주소였다. 심지어 유가족들을 노숙자나 닭에 비유하기까지 했다. 억울하게 자식과 사랑하는 가족을 잃은 고통에 더해 인간적 모멸감까지 감수해야 하는 유가족들을 보며, 이 시대 '인간'의 정의에 대해 의구심을 품지 않을 수 없었다.

8월 4일, 유가족 단식 22일째, 고故 김유민 학생의 아버지 김영오 씨 옆에 자리하고 앉았다. 모두 쓰러져 나간 자리에 홀로 있는 유민 아빠였다. 곁에 머무는 것은 내가 할 수 있는 최선이었다. 허기는 면해드리지 못해도, 심기나마 따뜻하게 해드리고 싶은 마음이었다.

하루가 지나고 이틀이 지나자 일각에서는 내 동조 단식을 정치적 행위로 간주하기 시작했다. 지지하는 당이 없고, 그 때문에 오히려 슬프다고 아무리 말해도, 제발 세월호 하나만 가지고 순리적으로 따져보자고 외쳐도, 그들은 듣고 싶은 것만 듣고, 보고 싶은 것만 보며, 하고 싶은 말만 했다.

처음 분향소를 찾기 전 각계각층 인사들을 만났다. 세월호 참사에 대한 견해를 듣고 어떻게 행동할지 조언을 듣기 위해서였다. 이른바 좌파, 우파 가릴 것 없이, 진보와 보수의 구분 없이 교수, 언론사 데스크 등을 연락이 닿는 대로 만났다. 대답은 한결같았다.

"김장훈 씨, 나서지 마세요. 상처만 입어요. 지금 당장 해결될 문제가 아닙니다."

모두 세월호 국면에 뛰어드는 걸 만류했다. 피디들, 선배들… 가깝고 멀고를 떠나 나를 아는 사람은 모두 말렸다. "가수가 노래나 하라"고 충고하기도 했다. 사실 노래야말로 내가 간절히 원하는 일이었다. 그러나 세상이 울고 있는데 노래만 하는 건 모순이었다.

부조리한 세상에 눈감은 채 노래만 할 순 없었다. 나는 인간을 노래하는 가수이며, 아픔이든 기쁨이든 인간의 일이라면 피하거나 도망가지 않아야 했다. 왜? 나는 지금 이 시대를 노래해야 할 이 시대의 가수이므로….

'세월호'… '유가족'…. 참 쓸쓸한 이름이었고, 실체를 알 수 없는 외로운 싸움이었다. 하지만 대한민국 국민 중에 세월호 참사에서 자유로울 수 있는 사람이 있을까. 인정하든 안 하든 세월호 국면은 머나먼 남의 나라 일이 아니라 지금 여기, '대한민국'이라는 세월호를 탄 우리 모두의 현실이었다. 무엇보다 우리 아이들이 어른들 잘못으로 죽어나가는 일은 끝장내야 하지 않겠는가.

가장 허망하고
아픈 하루

/

광화문에서 단식 농성을 할 당시 바짝바짝 속이 타들어가는 사람들이 있었다. 바로 공연 기획자들이었다. 당시 공연을 비롯한 스케줄이 꽤 잡혀 있었고, 기획자들은 공연에 차질이 생기지나 않을까 신경이 곤두선 상태였다. "김장훈 씨가 세월호 때문에 공연을 못 하게 됐습니다" 하는 건 공연을 기획한 사람들이나 광고주들 모두 가슴으로는 이해해도 머리로는 이해 못 할 사안이었다. 그 사람들에게는 그 공연들이 생업이기 때문이다.

　타인의 희생을 전제로 한 신념은 애당초 신념으로서의 자격이 주어지지 않는다. 내 신념을 지키느라 다른 사람들한테 피해를 주면 내가 지키려던 명분은 퇴색되고 훼손될 것이다. 그건 세월호 유가족들한테도 누가 되는 일이다. 빗발치는 전화를 받을 때마다 공연을 펑크 내는 일은 절대 없을 거라고 일일이 안심시켰다.

"공연은 잘할 겁니다. 제 본업은 가수란 걸 언제나 명심하고 있습니다. 그러니 노래와 공연이 훼손되는 일은 절대 없습니다. 결단코 단식 때문에 공연에 피해가 가지 않게 하겠습니다. 지금 이 자리에서는 쓰러진대도 무대에선 쓰러지지 않을 겁니다."

모든 공연을 해냈다. 쓰러졌다가도 무대에만 올라서면 어디서 그런 기운이 났는지 펄펄 날아다녔다. 정말 공연 세상은 '세상에 없는 세상'이었다. 그러고는 무대에서 내려오는 순간 기절을 했다. 다시 광화문으로 실려가 단식을 이어가고 쓰러지길 몇 차례…. 사실 당시 공연에 관한 기억은 나지 않는다. 단식 5일을 넘기면서 자꾸 기억이 깜빡깜빡했다. 그러나 '세상에 없는 세상'에 서면 정말로 세상에 없는 김장훈이 나타나는 것만 같았다.

단식 농성은 8월 27일, 24일 만에 끝이 났다. 몸이 정신을 지탱하지 못했다. 숨이 가빠지고 정신이 아득해졌다. 공황장애가 재발한 건가, 단식 부작용인가… 갸우뚱거리다가 실신하고 말았다. 정신이 들었을 때는 병원이었다. 기억이 퍼즐 조각처럼 흩어진 느낌이었다. 팔에는 주삿바늘이 꽂혔고 사람들 오가는 모습이 중첩되어 보였다. '어떻게 된 거지…?' 난 그냥 퍼즐 한 조각을 들고 갈 곳을 몰라 쩔쩔매는 어린아이가 된 것 같았다. 도대체 내가 무얼 할 수 있단 말인가. 똑똑 떨어지는 수액만이 현실을 증명하는 것 같았다. 누군가 귀에 대고 나직이 속삭이는 듯했다. '팔의 주삿바늘을 봐. 열 살 소년이 보이지 않아? 멍하니 병실 침대에서 창밖을 바라볼 수밖에 없었던 나약한 아이, 그게 지금 너야…' 심장이 뜨끈해지고 불덩어리 같은 게 치밀어 올랐다. 그저 고개를 돌릴 수밖에 없었다.

'살아온 날이 보잘것없어지는, 살면서 가장 허망하고 아픈 하루'가 지나가고 있었다.

광화문에서 지낸 시간들은 각계각층의 온갖 군상들이 출연한 막장 대하드라마 같았다. 같은 하늘 아래, 같은 땅에 살면서 어쩌면 저렇게 다를 수 있을까. 아이를 잃은 부모가 이렇게 울고 있는데 어떻게 그 앞에 대고 돈만 밝히는 파렴치한으로 몰 수 있을까. 목숨을 걸고 단식투쟁을 하는 사람들을 비웃으며 버젓이 치킨과 피자를 먹고 폭식 퍼포먼스를 하는 사람들. 자신들이 목적하는 슬로건을 내걸고 슬쩍 업혀가듯 들어오는 단체들.

반대로 비가 오는 날도, 불볕더위가 기승을 부리는 날도 묵묵히 유가족 옆에 있어주는 사람들, 바다에 빠진 저 억울한 영혼들을 추모하려고 모여드는 사람들, 진상을 밝히려고 동분서주하는 사람들, 그들 모두가 하나의 광장 안에 진을 치고 있었다.

광장 밖은 또 어떤가. 도로에는 여전히 차가 달리고 보도 위에는 바쁜 하루를 보내는 직장인들 구두 소리가 요란했다. 어떨 때는 광화문 광장이 대한민국 땅과 완전히 별개의 세상으로 느껴지기도 했다. 나는 누구고 여긴 어딘가? 꺼져가는 정신을 붙잡으며 수없이 되뇌었다.

이 농성의 본질은 세월호의 진상을 규명하고 억울한 죽음들을 신원하려는 데 있다. 그래서 다시는 이런 아픔이 되풀이되지 않는 안전한 대한민국을 만들려는 데 있다. 이 정도 참사가 나고도 내 나라를 바꾸지 못한다면 도대체 다음 세대에 무엇을 물려줄 수 있겠는가. 선대가 나무를 심으면 후대가 시원함을 얻는다고 했다. 나는 선대로서 후대를 위해 지금 이 자리에 있다….

단식은 끝냈지만 광화문과 진도를 오가는 일은 멈추지 않았다. 잊지 않겠다는 약속을 지키고 세월호에 대한 관심을 환기하기 위해 할 수 있는 일은 계속 이어나갔다. 노래를 부를 일이 있으면 기꺼이 노래를 불렀고, 진실을 알리는 곳에서는 침착하고 냉정한 자세로 마이크를 잡았다. 진도에는 스무 번쯤 다녀왔다. 누적하면 2만 킬로미터는 족히 될 거다.

진도에는 광화문과는 또 다른 아픔이 존재했다. 언제 돌아올지 모르는 가족을 기다리며 하염없이 바다만 바라보는 사람들. 그런데 그 사람들이 기다리는 건 살아서 돌아오는 사람이 아니었다. 희망과 기다림이라는 정의 자체가 바뀌는 순간. 이 희망과 그리움에 전제된 것은 죽음이었다. 도대체 이 희망의 정체는 무엇인지, 이 기다림은 무슨 의미인지 난 도무지 헤아릴 수 없었다.

그저 차가운 손이라도 한번 잡아봤으면, 한번 쓰다듬고 볼이라도 비벼봤으면, 풀어지고 해진 몸이라도 꼭 안아주고 보냈으면, 그 싸늘한 몸에 내 더운 눈물 한 방울이라도 떨구어주었으면… 그러면 좀 덜 외롭지 않을까…? 조금은 덜 춥지 않을까…?

실종자 가족들의 눈은 언제 어디서나 바다를 향했다. 그 눈은 너무나 투명해서 기다림에 썩어 문드러진 내장들이 속속들이 들여다보일 것 같았다. 사랑한다는 말은 고사하고 영별永別 앞에서 안녕이라는 말조차 할 수 없는 사람들…. 그런데 이 사람들을 그냥 내버려두는 이 세상은 또 무어란 말인가. 그래서… 계속 갔다. 함께 술을 마시고, 밥을 먹고, 이야기를 듣고, 부둥켜안고 울었다. 그게 전부였다. 그저 묵묵히 옆에 있어주기, 그 자리를 함께하기.

유가족과 실종자 가족 외에도 고된 시간을 보내는 사람들이 있었다. 일일이 열거할 수는 없지만 특히 밤낮으로 애쓰는 잠수사들과 진도군청 공무원들, 경찰들. 광화문에서의 대치 상황과는 또 달라서 진도에 있는 경찰들은 밤낮 앉지도 못하고 더위와 비바람 속에서도 하루 종일 묵묵히 서 있었다. 경황이 없는 가족들을 대신해서 딱 한 번 의견을 개진한 적이 있다.

"저 경찰들 앉힙시다. 밤새 서 있을 필요 없잖아요…."

가족들은 흔쾌히 동의했고 직접 글까지 써서 붙였다.

"고생하시는 경찰분들, 서 있지 말고 반드시 앉아 계십시오. 유가족들 부탁입니다. -유가족 일동"

그제야 비로소 경찰들은 앉을 수 있게 되었다. 잠수사들과는 적지만 함께 음식을 나눴고, 딱히 공무가 있지 않은 공무원들에게는 군청에 돌아가서 다른 지원책을 알아봐달라고 부탁했다. 이런 작은 배려와 보살핌이 서로의 마음을 한층 누그러뜨렸고, 서로 세심하게 배려하는 마음을 잉태했다. 좌우니 민관이니 하는 것을 떠나 여기 진도만큼은 아픔 앞에서 모두가 하나 되는, 인간으로서 인간적 도리를 다하는 공간으로 거듭나기를 바랐다. 그래서 틈만 나면 진도로 갔고 그렇게 속절없이 시간은 흘렀다.

2016년 오늘, 진도 팽목항에는 아직도 실종자 가족들이 머무른다. 바닷속에는 여전히 실종자 아홉 명이 가족의 손길을 기다린다. 유가족들은 생업을 전폐하고 진실 규명을 위해 뛰고 있으며, 광화문에서는 진실을 촉구하는 시민들의 피케팅이 계속된다. 어머니의 오열과 아버지의 피눈물도 그칠 줄 모른다. 그 모든 것을 아는지 모르는지 오늘도 진도 바다의 세월호는 입을 다물고 무겁게 가라앉아 있다.

세월호 유가족들, 실종자 가족들은 한결같이 고맙다고 말한다. 그런데 난 그 말을 들을 때마다 한없이 부끄럽다. 애당초 사명감도 뭣도 없이 그저 '가슴이 아프다'는 이유로 함께했지만 아무리 그래도 그 정도

했으면 정말 뭔가 손톱만큼은 변화됐어야 하지 않을까. 미력하나마 세상이 조금은 달라졌어야 하지 않을까. 그런데 아무것도 변화된 것이 없는 지금, 내게 남은 건 부끄러움과 미안함뿐이다. 그러나 나는 희망을 버리지 않을 것이다. 부끄럽지 않을 그날을 위해….

I Hear Babies Crying,

아기들이 우는 소리를 듣고

I Watch Them Grow.

그들이 자라는 걸 본다.

They'll Learn Much More Than I'll Ever Known.

그 아이들은 우리보다 훨씬 현명하겠지.

And I Think To Myself 'What A Wonderful World!'

생각해보니 정말 멋진 세상이야!

Yeah, I Think To Myself 'What A Wonderful World!'

생각해볼수록 정말 멋진 세상이야!

Oh Yeah….

그래, 그래야지….

– 루이 암스트롱Louis Armstrong, 〈왓 어 원더풀 월드What A Wonderful World〉
　중에서

정치화와 정치색

세월호 세상에서 살던 그즈음 누군가 물었다.

"김장훈 씨, 그전에는 독도나 서해안 기름 방제 작업처럼 민족적·국가적 문제에만 관여하셨는데, 요즘은 좀 정치화되고 정치색을 띠는 거 같아요? 혹시 정치를 하실 계획인가요?"

그럼 나는 되묻는다.

"혹시 정치화와 정치색의 뜻을 아십니까?"

"네에?"

"정치화란 정치적이지 않은 일을 정치적으로 만드는 것이잖아요. 그렇다면 제가 세월호 참사를 정치적으로 만들었습니까? 정치인들이 6·4 지방 선거와 7·30 재보궐 선거 과정에서 세월호 이슈를 슬로건으로 내걸었잖아요. 그래서 어떻게 됐습니까? 세월호 사고 당시 하나였던 모두의 마음을 여당 지지자와 야당 지지자, 진보와 보수, 좌와 우로 갈라놓지 않았습니까? 그런 모습을 보며 저는 오히려 세월호를 정치화한 사람들에게 치를 떨게 됐습니다. 그러지 말자고 제가 광화문에 갔던 겁니다."

"…."

"정치색의 뜻은 아십니까?"

"…."

"정치색이란 편협하게 한쪽 당을 지지하거나 특정한 시민 세력을 지지하는 것을 의미합니다. 제가 어느 당을 지지하는 것 같습니까? 아니, 이 나라에 지지할 당이 있기나 합니까? 그리고 제가 어느 시민 세력과 연합해서 행동했습니까? 설령 정치색이 있다 칩시다. 그게 잘못입니까? 그게 잘못이라면 모든 정당에는 수많은 당원들이 있고, 돈을 내는 권리당원들까지 있는데 그 사람들 모두 잘못된 겁니까? 그러니 민주주의 사회에서 정치색을 띤다 한들 잘못은 아닌 것 같은데요. 더군다나 저는 지지하는 당이나 시민 세력도 없습니다."

7
/
리얼리스트

삶의 고비엔
늘 누군가가 있다

/

노래에 광적으로 집착하던 때가 있었다. 노래가 안 되면 담뱃불로 팔을 지졌다. 그렇게 비명을 질러서라도 내가 원하는 소리를 내고 싶었다. 손가락을 자르려고도 해봤다. 그렇게 절규를 해서라도 원하는 소리를 얻고 싶었다. 지금 생각해보면 그때 나는 정말로 미쳤었다.

노래는 내게 일종의 신앙이었다. 어렸을 때 난, 그 신앙을 위해 뭐든 바칠 생각이었다. 신이 받아주지 않는다 해도 꼭 뭔가를 바치고야 말겠다고 마음먹었다. 무언가를 얻으려면 무언가는 내려놓아야 한다는 게 지론이었으며, 아무 희생 없이 바라기만 하는 건 스스로의 규율에 위배

되는 일이었다. 하지만 난 가진 게 별로 없는 스무 살이었다. 내가 욕망하는 부분을 절제하고 내 육체를 고달프게 하는 것으로 희생을 대신하기로 했다.

먼저 여자를 멀리하겠다고 다짐했다. 혈기 왕성한 청춘에 그건 가장 힘든 일이었다. 또 앞으로 기회가 온다 해도 마약이나 도박 같은 건 눈길도 주지 않겠다고 다짐했다.

'술도 자중하겠습니다, 그런데 하나님… 담배는 못 끊겠습니다….'

하나님께 양해(?)를 구하기까지 했다. 그리고 실제로 몇 년을 그렇게 살았다. 그렇게 하지 않으면 다시는 노래 부르지 못할 것 같은 두려움에 나 자신을 끊임없이 고통 속으로 몰아넣은 것이다. 지금 생각해보면 얼굴이 붉어지는 기억이다. 그러나 때때로 그 풋내 나는 기억이 아련하게 떠오르는 건, 그 시절의 억지와 치기가 순수와 열정이란 이름과 다르지 않기 때문일 것이다.

한번은 들국화의 노래 〈그것만이 내 세상〉을 연습하는데 소리가 잘 나오지 않았다. 특히 "하지만 후회 없어~"라는 부분에서 '후회'가 되질 않았다. 그날 '후회~ 후회~ 회~~~'만 열다섯 시간을 질러댔다. 노래 연습이 소리 연습으로 변했고, 그나마도 나중에는 자학과 자해로 전락하고 말았다. 그건 발악이었는데 그 당시 나는 그걸 즐겼다.

"노래라는 건 인간의 정서를 풍요롭게 해주기 위해 존재하는 거야.

네가 그것 때문에 너 자신을 파괴한다면 도대체 노래가 무슨 의미가 있겠냐."

가요계의 음유시인 조동진 형의 말이었다. 형은 히트곡 〈행복한 사람〉이나 〈나뭇잎 사이로〉 같은 노래에서 볼 수 있듯 내면을 관조하는 노랫말과 멜로디로 한국 포크음악계의 대부라 불린다. 그런 형의 충고였지만 당시 어리기만 했던 난 속으로 울컥했다.

'형님은 그럴지 모르지만 그렇게 해서라도 원하는 소리를 얻는 게 저의 도라고 생각합니다.'

그 시절 노래에 대한 열망과 절박함은 나 자신을 통제 불가능한 폭주 기관차로 만들어놓았다. 내 귀에는 아무 소리도 들리지 않았다. 아니, 뻔히 보이는 절벽 앞에서도 속도를 늦출 수 없는 것이 나의 타고난 운명이라 생각했으며, 피할 수 없다면 그 앞에서 장렬히 전사하겠노라 스스로를 몰아치고 있었다.

일찍이 이런 내 모습을 안타까워하던 현식이 형도 나를 붙잡고 이야기한 적이 있다.

"너 고음 되게 좋아."

"에이… 아닌데요…."

"노래를 잘하려고 하지 말고 그냥 맨날 해."

"…."

"지금 잘하는 거야. 그런데 왜 그리 너를 못살게 구냐⋯. 하다 보면 될 수도 있고 안 될 수도 있는 게 노래야. 그냥 하는 거다. 아침부터 밤까지 그냥 계속해. 맨날!"

어떻게 멈추는지 알지 못했다. 이 고행과 같은 자학을. 어쩌면 어린 시절 차에 받혀 자전거를 타고 날아오르던 그때 그날처럼, '내 인생 이대로 끝나버려' 하고 생각했던 그 순간처럼, 나는 노래하다 죽어버리려 했는지도 모른다. 그리고 그때처럼 나는 부지불식간에 절벽 끝에서 멈춰 섰고, 바로 그 마지막 한 지점에서 한발 들어서거나 물러남 없이 여태껏 서 있는 것이다.

내가 그런 사고에서 의지와 상관없이 살아났듯, 어느 순간 미처 인식할 겨를도 없이 죽을 수 있음을 알고 있다. 어린 시절 그 죽음에 대한 생각은 아직 유효하다. 그렇기 때문에 언제 닥칠지 모르는 죽음 앞에 당당하기 위해서 하루하루 치열하게 살아간다. 그리고 하루하루 그 치열한 삶이 '그냥 계속해, 맨날'과 일맥상통한다는 것을 이제야 이해하게 되었다.

'맨날'은 노래를 '잘' 하는 것이 아니라 '열심히' 하는 것을 말한다. 그 '열심히'가 형이 바라는, 죽음을 목전에 둔 이의 삶을 대하는 자세였다. 잘되고 안되고는 내 소관이 아니다. 내게 주어진 몫은 오로지 열심히 하느냐, 하지 않느냐의 문제다. 안달복달할 것 없이 계속 그냥, 숨 쉬는 동안 노래만 하면 될 일이다. 드러내놓고 나를 괴롭힐 일이 아니었다. 그런 나를 보면 사람들까지 힘들어지게 되고, 그건 인류가 행복하길 바라며 인간을 노래한다는 내 신조에 정면으로 어긋나는 일이었다. '그렇구나!' 하고 무릎을 치는 순간, '노래란 인간의 정서를 풍요롭게 해주는 것'이란 동진이 형의 말이 이해되었다.

치열하면서도 남한테 피해를 주지 않고, 너무 광적이진 않지만 내재된 광기를 표현해낼 수 있는 것. 반드시 겉으로 드러내지 않아도 충분히 고뇌할 수 있는 것…. 그래서 바뀐 것이 무대에 오르기 전 나의 모습이다.

무대에 올라가기 직전엔 언제나 신경이 곤두서서 날카롭기 이를 데 없다. 옆에서 누가 한마디라도 하면 신경이 조각조각 끊어지는 느낌에 난리를 피우며 무작정 싸워댔다. 하지만 지금은 컨디션이 안 좋아 미칠 것 같아도 겉으로는 아무 일 없는 것처럼 밝게 이야기한다. 스태프들에게 먼저 다가가 안부를 묻고 "야, 너 얼굴 좋은데~! 장뇌삼 먹냐? 같이 먹자" 하며 오히려 기분을 북돋아준다. 속으로는 계속 '할 수 있다, 할 수 있다, 나는 할 수 있다'라고 수없이 되뇌면서.

이제 나는 가수에서 한발 나아가 공연 기획과 연출까지 도맡아 하고 있다. 내가 무너지면 스태프들이 무너지고, 스태프들이 무너지면 공연도 끝장난다. 이렇게 난 속이 새까맣게 타들어가도 컨디션이 좋아야 할 의무가 있는 것이다.

'오늘 할 수 있을까? 아냐, 아냐. 이런 상황에서 난 언제든 잘해왔어. 할 수 있다, 할 수 있다.'

원하는 바를 자꾸 입 밖에 내면 정말 그렇게 된다는 말이 있다. 그래서 좋은 생각과 좋은 말만 하라고 한다. 힘들어도 웃으라고 한다. 말의 힘, 생각의 힘, 무엇보다 믿음의 힘이 중요하기 때문이다. 나는 이 말을 믿는다. 어려운 시절 대부분 알아주지 않던 나를, "너는 할 수 있어"라며 믿고 지지해주고 당당히 사람들 앞에 공표해준 몇 분의 선배들 덕에 오늘 내가 이 자리에 서게 되었다고 생각한다. 양희은 누나도 그런 선배들 중 한 사람이다.

"이 친구가 지금은 이렇게 묻혀 있지만 조만간 날개를 달고 세상에 나갈 겁니다. 그때는 호랑이처럼 포효하면서 노래로 세상을 뒤집어엎을 겁니다."

나의 무명 시절, 누나는 몇 년을 지켜보면서 하루도 거르지 않고 매일 노래 부르는 놈은 처음 봤다며 감탄했다. 앨범을 내고, 꼴통 짓을 하고, 좀 회복된다 싶더니 골든디스크 방송을 펑크 내는 과정까지 지켜본 누나였다. 방송에 완전히 찍혀 앞날을 보장받을 수 없는 상태에서도 목이 찢어져라 노래 부르는 나를 보고 참 대책 없는 놈이란 생각도 했을 터였다.

어느 날 내 공연을 보러 온 누나가 또 말했다.

"야, 너 그러다가 목 나가. 창을 하는 사람도 너같이는 안 해. 어쩌자고 그렇게 질러대니? 너 지금 록 한다고 까불지만 넌 발라드 할 놈이야… 네 정서는 발라드야. 네 마음속에는 한(恨)이 있다고! 그런 서정성이… 넌 발라드를 하게 될 거야, 아마."

그리고 몇 년 후인 1998년, 난 누나의 말 그대로 발라드로 뜨게 되었다. 말에 대한 믿음이 확고해진 순간이었다.

내게 그런 믿음을 준 또 한 사람이 전인권 형이다.

"야, 너도 소름과구나! 무대 위에 무슨 짐승 새끼 하나 있는 것 같다. 네 최고의 장점은 네 안에 요새 아이들의 모던한 감성과 옛사람의 낭만이 같이 녹아 있다는 거야. 그러니까 옛날 우리 때 정서도 있고, 2000년대의 정서도 있다는 얘기야. 세대를 불문하고 감성을 다룰 수 있다는 거지. 요샌 그런 놈이 별로 없어. 그건 정말 너만이 갖고 있는 최고의 자산이다. 그러니까 그냥 해. 막 현란하게, 기교를 부릴 게 아니라 그냥 노래를 하라는 거야. 소름 끼치게 딱 오는, 그런 게 너한테 있으니까. 잘하겠단 생각 말고 그냥 마음껏 지르라고, 짐승처럼…! 남들이 안 나오는 그런 소리를 부르짖는 짐승 말이야…"

난 짐승 같다는 표현을 정말 좋아한다. 노래 부르는 내 모습에 그 이상의 찬사는 없다! 딱 내가 지향하는 바로 그 이미지다. 예전에 1집 녹음을 할 때도 똑같은 이야기를 동진이 형한테 들은 적이 있다.

"스튜디오 안에 무슨 짐승 하나 들여놓은 거 같다…!"

한과 설움 같은 것들을 본능적으로 토해내는 짐승의 울부짖음. 맺힌 것을 풀어내고 텅 빈 가슴에 허무함으로 다시 흐느껴 토해내는 울음….

대가의 인정은 나를 교만하게 만드는 것이 아니라, 오히려 자세를 가다듬고 정말로 그에 부합하는 가수가 될 수 있도록 매진하게 하는 원동력이 된다.

때때로 목 상태가 안 좋을 때가 있다. 특히 30일 정도의 장기 공연을 하다 보면 아무리 관리를 잘해도 중간에 꼭 위기가 온다. 보통 목을 '아껴야 된다'고 하는데 그럴 때일수록 더 지르는 게 나다. 병원에 가면 의사가 고음을 낼 때 특히 조심하고, 오늘은 좀 살살 하라고 주의를 준다. 하지만 "네" 하고 돌아서면 그뿐이다. 내일 일은 내일 생각하면 될 일이다. 나에게 내일이 있을지 없을지 모르는데 내일을 위해서 지금 이 순간을 아낄 순 없는 노릇이었다.

'난 오늘만 살아…. 내일은 없어. 죽더라도 오늘 해보는 거야. 그냥 지르자. 안 나오면 나올 때까지 질러보자.'

그러면 목소리가 돌아온다. 목이란 게 그랬다. 그래서 종종 사람들이 목 관리법을 물어오면 나는 주저 없이 "혹사"라고 대답한다.

경험상 목 관리는 쉬는 게 아니라 계속 질러야 되는 일이었다. 계속 지르다 보면 쉰 목도 되돌아온다. 하다 보면 중간에 소리는 물론이고 말도 안 나올 때가 있다. 그런 때일수록 더 악을 쓰고 지르다 보면 목이 돌아왔다. 그것도 훨씬 단단한 목소리로. 노래는 목에 굳은살이 박일 때까지 해야 한다. 가수에게는 끝없는 연습만이 진리다.

타인에게서 나를 읽다

인생의 굽이굽이에서 새로운 사람을 만나는 일은 경이롭다. 특히 그가 주저
앉고 싶은 내 손을 잡고 함께 그 굽이를 걸어주는 이라면 더욱 감격스럽다.
마찬가지로 삶의 마디마다 무심코 조우하는 '내'가 있다. 그 모습은 익숙하거
나 때론 낯선 자의 얼굴로 '나'를 들여다본다. 나는 내게 들이미는 '내' 얼굴
에 반갑기도 하고, 때론 심장이 멈출 것처럼 깜짝 놀라기도 하며, 어쩌면 오
래전부터 내 속에 살았을 그의 얼굴을 유심히 들여다본다. 그 얼굴은 종종 내
인식 안에서 의식될 수도 있고, 가끔은 다른 이의 눈을 통해 내게 비춰지기도
한다.
누군가에게서 나를 읽는 일…
나를 나에게로 초대해준 내 생애 모든 이들에게 감사드리며, 여기 타인의 시
선으로 다시 만난 몇몇 '김장훈'을 소개한다.

가수 바다가 본 김장훈은 '고독한 어린이'다.

아직까지도 어린애 같은 구석이 있는데, 그 아이는 무릎을 그러쥐고 앉아 하염없이 뭔가를 응시한다. 대상이 없는 응시는 슬픈 걸까? 그래서 고독한지도 모르겠다.

가수 이소라가 본 김장훈은 '비눗방울'이다.

속이 다 들여다보인다. 비눗방울은 자신이 터지는 것으로 남을 재미있게 해준다. 때때로 남을 행복하게 해주려고 일부러 자신을 터트리는 좌충우돌 비눗방울. 소라는 그 모습이 가끔 애잔한가 보다.

작사가 박주연 씨가 본 김장훈은 '화전민'이다.

박주연 씨는 1990년대 우리나라 가사계의 판도를 바꿔놓은 사람이다. 내 노래 〈나와 같다면〉의 작사도 박주연 씨가 했다. 어느 날 가사를 써달라는 내 청탁에 박주연 씨는 '화전민'이라는 제목의 노랫말을 내놓았다.

"화전민?"

"김장훈 씨 화전민 같아요. 살다가 때 되면 불을 확 지르고 다른 데 가서 살고, 또 살다가 마음이 동하는 날엔 모든 걸 불살라버리고…. 아무 흔적도 남기지 않고 그냥 가버리는 화전민."

디자이너 지춘희 선생님이 본 김장훈은 '말을 타고 떠나는 사람'이다.

"그는 항상 말을 타고 떠난다. 그러나 그는 언제나 돌아온다. 돌아와서 진귀한 이야기를 늘어놓는다."

서해가 되었든 독도가 되었든 어디선가 확 저지른 다음에 또 다른 미지의 세상으로 떠나는 사람. 선생님은 의상뿐만 아니라 완벽한 언어도 디자인해주시는 것 같다.

친구

/

내겐 친구가 세 명 있다. 초등학교 동창 선영이, 대학교 동창 운학이, 그리고 사회에서 만난 정현이. 세 명 정도 진짜 친구가 있으니 꽤 잘 살지 않았나 싶고 생각하면 할수록 든든하다.

그중 운학이는 충북 괴산군 불정리 이장이다. 이장 친구가 있다는 말에 사람들이 신기해하는데 나 역시 그렇다. 운학이를 처음 만난 건 대학교 엠티 때였다. 머리를 짧게 자른 어떤 놈이 망나니 같은 짓을 하고 다니기에 애들한테 물어봤다.

"뭐냐, 저 녀석은?"

"군대 간 선배인데 휴가 나와서 엠티 따라왔어요. 가을부터 형이랑 같은 학년에 복학할 걸요?"

"아냐~ 편입을 하든지 해야지. 저런 녀석이랑 어떻게 같이 다니냐? 저거…."

가을에 운학이가 복학해서 같이 수업을 들었다. 막상 술자리를 하다 보니 남자답고 멋진 놈이었다. 운학이도 싫지 않았는지 나와 자주 어울려 다녔다. 하지만 그때는 이렇게 오래 친구로 남을 줄 몰랐다. 흔히들 어른이 되어 만난 친구는 오래 못 간다고들 하지 않는가. 우리도 그럴 줄 알았다. 하지만 운학이는 달랐다. 당시 학교 과실에서 먹고 잘 정도로 궁핍했던 나는 학비가 없어 휴학을 하곤 했다. 그때는 세 번 휴학하면 자동으로 퇴학당하는 시스템이었다. 삼진아웃이 다가올 무렵, 학비를 마련하지 못해 학교를 그만두겠다고 생각했다. 그러던 어느 날 운학이가 돌돌 만 신문지 뭉치 하나를 건네주었다. 풀어보니 돈이다.

"뭐냐 이거?"

"등록금. 학교는 다녀야지."

시골에서 농사짓는 부모님이 소 팔아서 보내준 생활비를 나에게 몽땅 준 것이다. 그렇게 한 학기를 마치고도 형편이 나아지지 않자 다음 학기에 운학이는 또 한 번 등록금을 건넸다. 그렇게 운학이가 나를 두 번 살려줬다.

졸업을 하고 한동안 연락을 못 한 적이 있다. 그러다 운학이 소식을 들었다. 교통사고가 나서 한쪽 다리를 잃었다고…. 곧바로 녀석을 찾아 갔다.

"많이 불편하지?"

"다리가 없으니 몸이 가벼워."

그냥 '썩소'를 지을 수밖에.

먹고살 일을 고민하던 운학이는 면목동에 '오백냥하우스'를 열었다. 당시 유행하던 가게로 모든 물건을 500원에 파는 집이었다. 개업하기 전에 대학교 후배들과 함께 가서 도배도 하고 인테리어도 했다. 그렇게 운학이는 장사를 시작했고 난 속으로 열심히 기도했다.

'대박 나라, 대박 나라, 돈이라도 많이 벌자.'

실제로 소원은 이루어져 대박이 났다. 장사가 대박이 난 게 아니라 결혼이라는 대박 사건이 터진 것이다. 운학이가 그 집에 자주 오던 단골손님과 눈이 맞아 결혼을 하게 된 것이다. 어찌나 고마웠는지…. 그러고 나서 부부는 충북 괴산 불정리로 내려가 사과 농사를 지으며 산다. 나는 사람들에게 이렇게 운학이 자랑을 한다.

"나는 '빽'이란 게 딱 하나 있어. 나를 위해 세상에서 제일 맛있는 사과를, 그것도 자기 손으로 농사지은 걸 보내주는 친구 말이지."

어느 날 뉴스를 보니 충북 지역에 태풍이 와서 과수원의 나무가 다 쓰러졌다고 했다. 황급히 운학이에게 전화를 했다. 여기서부터 충청도 사람의 긍정의 미학이 시작된다.

"운학아, 태풍에 나무가 다 쓰러졌다며?"

"나무들이 피곤한가 봐. 그만 일어나라 그랬어."

"야, 지금 농담할 때냐? 올해 농사 어떡하냐?"

"괜찮여~ 일어날 때도 됐어."

그다음 해 또 태풍이 불었다. 과수원의 과일들이 태풍 때문에 모두 떨어졌다는 소식이었다. 이번에도 황급히 운학이에게 전화했다.

"운학아, 태풍에 사과 다 떨어졌다며? 어떡하냐?"

"괜찮여~ 달려 있는 게 더 많어."

운학이와 그 동네 사람들은 늘 이런 식이다. 그래서 생각했다. 사람들은 충청도가 느리다고들 하지만 그건 느린 게 아니라 긍정적이고 여유 있는 거라고. 그러니까 충청도의 미학은 느림이 아닌 긍정과 여유의 미학이다.

운학이한테는 예쁜 딸이 둘 있다.

내 딸과 다름없는 아현이와 가은이…. 제법 자란 아이들은 서울에서 공부하게 되었고, 첫째 아현이가 전학할 때는 내가 학교까지 동행도 했다. 시골에서 올라온 데다 장애가 있는 아버지 때문에 기가 죽지나 않을지 걱정해서였다. 교무실에 들어선 나는 빗자루를 들고 왔다 갔다 하는 나이 지긋한 아저씨 한 분과 눈이 마주쳤다.

"아이고, 김장훈 씨 아니에요? 여긴 어쩐 일루다…?"

"아, 안녕하세요? 애가 제 조카인데 오늘 전학 왔거든요. 담임선생님 좀 뵙고 인사드리려고 하는데…."

"아, 예…. 지금 수업 중이어서 잠깐 기다리셔야 되니까 여기 좀 앉아 계세요."

운학이가 딸과 자리에 앉는 것을 확인한 후에 밖으로 나가는 아저씨를 따라가며 다시 물었다.

"저… 아저씨, 여기 담배 피는 데는 없죠?"

"에이, 왜 없을라고. 저 뒤에 가면 있지. 같이 갑시다. 내가 알려줄 테니까."

'학교 사람들이 융통성이 있네' 하는 생각이 들며 마음이 편해졌다. 그리고 학교에 대해 이것저것 물어보았다.

"여긴 일진 없어요?"

"아, 여긴 없어. 여기 애들은 다 착해."

"시골에서 왔다고 왕따 시키고 그러는 건 없겠죠?"

"아, 여긴 그런 일 없어요. 선생님들은 물론이고 나도 아주 그 부분을 제일 신경 쓰거든."

"네에? 아저씨 뭐 하시는 분인데요?"

"나? 이 학교 교감입니다."

"네…? 아이고 죄송합니다…. 제가… 알았으면 담배를…."

머릿속이 하얘진 채 횡설수설하면서 손으로는 반사적으로 담배를 비벼 껐다.

"아니야, 나와서 피는 게 뭐 어때서…. 학교에서나 교감이지 김장훈 씨한테도 교감인가?"

"아니 뭐… 그렇게 얘기해주시니 감사합니다. 아, 진짜 이 학교 융통성이 있네요. 정말로 든든합니다, 교감선생님."

"저기 쓰레기통에 불 안 나게 잘 꺼서 버려주세요. 뭐 한 대 더 피고 들어오시든가. 먼저 들어갈게요."

툭툭 털고 일어서는 교감선생님 뒷모습을 보며 그렇게 든든하고 훈훈할 수가 없었다.

다행히 담임선생님의 환대 속에 면담은 잘 끝났다. 조카 잘 부탁드린다는 내 이야기에 아현이는 뛸 듯이 기뻐했고, 그런 아이를 보니 또다시 가슴 한쪽이 저리면서 울컥해졌다.

"아현아, 혹시라도 일진 애들이 괴롭히면 삼촌한테 바로 전화해. 싹 정리해줄 테니까."

이번에는 운학이가 빙그레 웃었다. 운학이의 그 웃음…. 순간 나는 대학 시절로 돌아갔다.

내일은 없고 오늘의 행복만 생각했던 그 좋았던 날들. 그리고 그 교정….

동길이
이야기

/

열 손가락 깨물어 안 아픈 손가락 없다지만 조금 더 신경이 쓰이고 마음이 가는 손가락은 있다. 내게 조카들은 자식 같고 친구 같다. 그중 하나인 동길이를 보면 문득문득 가슴을 비집고 떠오르는 아이가 있어 마른 눈물이 난다. 죽을 것 같은 슬픔 중에 찾아온 아이. 그래서 우리 가족을 살린 아이.

아무래도 집안의 막둥이기도 하다 보니 이 녀석의 소소한 일상이 다 큰 어른들을 웃게 한다. 녀석의 개구진 장난이나 웃는 얼굴은 말할 것도 없고, 슬프고 우울한 표정을 보아도 웃음이 난다. 녀석은 그런 어른들이 야속하겠지만….

동길이가 초등학교 3학년 때였다. 당시 아이들 사이에서는 팽이가 한창 유행했고 동길이 역시 팽이 모으는 데 열을 올렸다. 팽이는 동길이의 시작이며 끝이고 전부였다. 언제 어디서건 들고 다니며 은근슬쩍 누군가 자신의 팽이를 보고 찬탄해주기를 갈망했다. 어렸을 때 내게 딱지가 그랬듯이.

　어느 날 가족 모임에서였다. 늘 밝게 웃던 동길이가 무척 우울한 표정이었다.

　"누나, 동길이 무슨 일 있어?"

　"팽이 가방을 버스에 놓고 내렸다지 뭐니. 그거 동길이가 1년 동안 모은 건데…."

　"와, 진짜 큰일이네. 동길이 지금 세상 다 무너진 것 같을 텐데. 그럼 어떻게 해?"

　"이따 버스회사에 전화해서 찾아준다고 했는데 안 먹혀."

　"안 먹히지~, 애들이 바보냐? 우리 어릴 때도 어른들이 뻥치는 건 다 알았잖아."

　동길이에게 다가가서 대화를 시작했다.

　"동길아, 마음 아프지?"

　"네."

　"팽이 다 잃어버려서? 엄마가 버스회사에 전화해서 찾아준다고 했는데 안 와 닿지?"

"네."

"그래서 앞으로 어떻게 할 거야, 너?"

"모르겠어요. 황당하기만 해요."

"그럼 어떻게 하면 좋을지 함께 생각해보자. 첫 번째, 이따 버스회사
에 전화해보는 거야. 어쩌면 찾을 수 있을지도 몰라."

"네."

"두 번째, 만일 버스회사에서 못 찾았다고 생각하자. 삼촌이 돈 많이
버니까 한 번에 그 팽이 다 사줄 수 있어. 근데 그렇게 안 할 거야. 그러
면 재미도, 보람도 없거든. 네가 그 팽이를 아끼는 건 오랫동안 먹고 싶
은 거 안 먹고, 쓸 거 안 쓰며 아끼면서 모았기 때문이야. 그래서 그 팽
이가 소중한 거지. 그리고 어쨌든 네 부주의로 생긴 일이니까 네가 책
임을 져야 해. 그럼 다시 열심히 아껴서 팽이를 모으자. 네가 하나 살
때마다 삼촌이 한 개씩 보태줄게. 그러면 6개월쯤 걸리겠지? 6개월 뒤
에 다시 다 모을 날을 생각해봐. 생각만 해도 행복하지?"

"네."

"그럼 답 나왔네. 일단 오늘은 재미있게 놀고, 못 찾으면 우리 작전대
로 하자. 오케이?"

"넵~!!!!!"

그러고 나서 동길이는 아무 일 없다는 듯이 시시덕거리고 뛰어다녔

다. 할머니께 재롱도 피우며 여느 때나 다름없이 신나게 놀았다.

'단순한 자식~!!'

헤어지면서 다시 동길이를 불렀다.

"동길아, 잘 들어봐. 인생은 되게 길어. 살다 보면, 또 어른이 되어보면 팽이를 잃어버리는 것보다 열 배쯤 가슴 아픈 일도 당할 수 있어. 그때마다 주저앉으면 세상을 제대로 살아갈 수 없거든. 그러니까 앞으로 문제가 생기면 오늘 삼촌이랑 얘기한 것처럼 어떻게든 방법을 찾아야 해. 절대로 주저앉아선 안 돼. 삼촌 하는 말 이해하겠니?"

"네. 이해할 수 있어요."

"어른들이 그걸 뭐라고 하는 줄 알아?"

"뭔데요?"

"극복!"

"극복이오? 그게 뭐예요?"

"힘든 걸 이겨내는 게 극복이야. 좋은 거지."

"아, 그렇구나. 나도 극복해야겠다."

"거봐, 멋지잖아. 동길아, 따라해봐. 극복!"

"극복!"

"더 크게 극복!!!"

"극복!!!"

그러고 나서 하이파이브를 한 후 동길이는 집으로 갔다.

며칠이 지나고 누나에게 연락이 왔다.

"너 동길이한테 무슨 얘기 했어?"

"아니, 왜?"

"동길이가 자꾸 삼촌 어쩌고 하길래 뭐 해준다고 했나 싶어서…."

"글쎄?"

예상대로 버스회사에 팽이는 없었다. 한동안 동길이는 그 좋아하는
마이쮸도 끊고(?) 500원짜리 동전만 생기면 득달같이 달려가던 문방
구 앞 뽑기도 끊었다고 했다. 그리고 대망의 그날, 원하던 팽이를 손에
쥐고는 "엄마, 나 팽이 하나 샀다고 삼촌한테 말해줘요" 하더란 것이다.
그런데 누나는 내막을 모르는지라 아무 말도 전하지 않았다.

동길이는 하루하루 애가 탔고, 도대체 엄마가 삼촌한테 말을 하기나
한 건지 슬슬 눈치를 보더라는 것이다.

"엄마, 삼촌한테 연락 없었어요?"

"없었는데, 왜?"

"아니에요."

또 며칠 있다가 묻는다.

"엄마, 진짜 삼촌한테 연락 없었어요?"

"아니, 없었는데…. 왜? 삼촌한테 할 말 있어?"

"아… 아니에요."

그러던 어느 날, 동길이는 급기야 거의 울상이 되어 누나에게 물었다.

"저기 엄마, 삼촌이요…."

"어, 삼촌이 뭐?"

"그 삼촌이 뭐… 저…."

"뭔데? 얘기해봐. 얘기를 해야 알지?"

"그… 저… 삼촌이 입금 안 하셨어요?"

"…?"

그러더니 주먹으로 눈가를 훔치면서 확 나가더라는 것이다. 한 손에 팽이를 거머쥐고….

누나에게 그 얘기를 전해 들으며 얼마나 웃었는지 모른다. 그리고 또 얼마나 미안했는지….

"하하하, 알았어. 지금 바로 입금할 테니까 동길이한테 삼촌이 입금 한다고 전해줘."

생각해보니 나중에 동길이가 사업을 하면 엄청 잘할 것만 같다. 이런 게 팔불출인가?

동길이가 중학생이 되었다. 이제 동길이에게 팽이는 아무 짝에도 쓸 모가 없다. 동길이에게는 또 다른 우주가 생겼다. 삼촌에게 영향을 받 아서인지 기타에 미쳐서 매일 기타를 친다고 한다. 뮤지션 삼촌을 가진 아이로서 동길이가 누릴 수 있는 것을 해주고 싶었다. 그때 생각난 것이 '안중근 기타'였다.

안중근 기타는 삼익악기에서 안중근 의사의 하얼빈 의거 100주년을 기념해 만든 전자 기타였다. 대한민국을 세계에 널리 알리고 한국 역사가 재조명되길 바란다는 기획 의도를 밝히며, 2009년 당시 보급형 100대 한정으로 제작되었다. 그때 최고급 사양 한 대를 별도로 만들어 기획 의도에 가장 어울리는 뮤지션에게 선사하기로 한 것을 감사하게도 내가 받게 되었던 것이다.

기타 전면부에는 안중근 의사가 1910년 3월 옥중에서 쓴 "국가안위 노심초사 國家安危 勞心焦思"라는 문구가, 핑거보드 위에는 안 의사의 손도장이 찍혀 있어 멋스러울 뿐만 아니라 굉장히 의미심장한 기타였다.

"동길아, 너 요즘 기타 배운다며?"

"네."

"팽이는 때려친겨?"

"네."

"삼촌이 기타… 진짜 세상에 하나밖에 없는 기타 한 대 갖고 있는데 너 줄까?"

"진짜요? 뭔데요?"

"안중근 기타라고 끝내주는 기타 있어."

나는 자랑스럽게 사진을 보여주며 안중근 기타에 대해 얘기해주었다. 신이 난 동길이 입에서는 절로 "우와! 우와!" 감탄사가 터졌고, 조카 앞의 바보 삼촌은 덩달아 어깨를 우쭐거리며 흥분했다.

그렇다…. 난 동길이 앞에만 서면 바보 삼촌이 된다. 아무 생각 없이 그저 다 주고 싶을 뿐이다. 가끔씩은 말을 뱉어놓고 '아차' 할 때도 있다. 사실 안중근 기타가 그랬다. 워낙 안중근 의사를 좋아하는 내게 정말 소중한 기타였지만 분위기상 기정사실로 굳어져버린 일을 돌이킬 순 없었다.

'아, 어떡하지? 주긴 줘야겠지? 아냐….'

하늘이 두 쪽 나도 조카와의 약속을 깰 수는 없는 노릇이다.

그다음 날 동길이는 학교에 가자마자 친구들한테 자랑하다가 예상치 못한 반격을 받았다.

"야, 그거 되게 싼 거야~!"

아니라고 항변은 했지만 녀석은 찜찜했나 보다. 삼촌이 가지고 있는 기타가 정말 최고급 사양인지 혼자 이 궁리 저 궁리 하던 끝에 결국 네이버 지식인에 질문을 올리기까지 했다.

맨 처음 발견한 누나가 배를 잡고 웃다가 은근슬쩍 찔러보았다.

"동길~! 너 지식인에 올렸냐?"

"어…! 어떻게 아셨어요?"

"야, 누가 봐도 너야~~!"

화들짝 놀라 눈이 동그래지는 동길이를 보며 누나는 허리가 끊어질

듯 웃었다고 한다.

"그거 무지 비싼 거야. 세상에 하나밖에 없는….."

나중에 누나가 보여주는 글을 보며 정말 눈물이 날 정도로 웃어댔다. 제 글이란 걸 모를 사람이 없건만 시치미를 떼고 질문까지 올린 어리숙하고 순진한 녀석!

다행히 마음씨 좋은 네티즌이 답글을 달아주었고, 동길이는 즐겁게 웃으며 이제나저제나 기타를 기다렸다.

'딴 걸 사줄까?'

아무리 생각해봐도 아까운 마음이 들어 방법을 찾아보았지만 지식인에 질문까지 올린 열의를 보면 동길이는 아무래도 안중근 기타를 원할 것 같았다.

'에구, 못났다, 김장훈…. 삼촌이란 사람이 참….'

주겠다고 약속한 뒤 근 반년 만에 안중근 기타는 제 주인(?)을 찾아갔다.

너무 귀여운 내 새끼! 또 10년이 지나고 나면 무엇이 동길이의 우주가 될까?

'흠… 아마도 여자겠지!'

마더Mother

/

"훈아, 너 이번 공연에서 그… 〈마더〉란 노래 부르니?"

"아니요."

"그거 한번 하려무나…."

"…!"

〈나와 같다면〉을 타이틀곡으로 하는 4집에 존 레논John Lennon의 〈마더Mother〉란 곡이 있다. 〈마더〉는 내겐 한풀이 같은 노래였다. 가사는 대략 이렇다.

"엄마는 날 가졌지만 난 엄마를 갖지 못했고, 난 엄마를 원했지만 엄마는 날 원하지 않았으니 이제 안녕입니다. 아버지는 날 떠났지만 난 아버지를 떠나지 못했고, 난 아버지가 필요했지만 아버지는 날 필요로 하지 않았기에 이제 안녕입니다. 애들아, 너희는 내가 했던 것처럼 하지 마라. 걷지도 못하면서 뛰려고 했던 나처럼…. 엄마… 가지 마세요, 아빠… 돌아오세요….”

정말 단순하고 유치하다고 생각한 가사였다.

나를 떠난 노래는 이미 내 것이 아니다. 한때 사람들은 비틀즈The Beatles의 음악을 ‘사탄의 음악’이라고 했다. 음악을 듣고 자살한 젊은이가 한둘이 아니었기 때문이다. 하지만 난 아니다.

‘아, 이런 일들은 어디에나 있는 거구나…. 심지어 존 레논 같은 사람한테도…. 난 그렇고 그런 지구인 가운데 한 사람일 뿐, 그도 나도 아픈 사람이었어….’

어쩐지 위로가 되었다. ‘아버지가 없다고, 엄마의 애정을 받지 못했다고 슬퍼하지 말자…. 존 레논도 그랬다는데’ 하면서 한풀이처럼 〈마더〉를 불렀다. 노래라도 불러 마음속에서 털어내고 싶었다. 그리고 나와 비슷한 어린 시절을 겪는 친구에게 내가 받은 위로를 나눠주고 싶었다.

“〈마더〉는 힘겨웠던 어린 날에 나를 일으켜준 곡 가운데 하나입니다. 세상의 모든 아파하는 친구들에게 보냅니다. 잘 극복해서, 결국엔 행복해지길 바랍니다. 모두에게 변함없는 나를 약속합니다. 세상은 미쳐 돌아가도!”

그런데 엄마는 '아, 내 아들이 엄마를 생각해서 이 노래를 불렀구나!'라고 짐작하신 듯하다. 나는 상처를 회복하기 위해 불렀지만 엄마한테는 상처가 될 노래였다. 그래서 어느 날, 앞으로는 〈마더〉를 부르지 않겠다고 다짐했다. 많이 회복되었으니 이제 엄마를 원하지 않는다는 노랫말을 입에 담고 싶지 않았다. 그런데 엄마가 그 노래를 불러달라고 하다니….

사실 엄마는 공연장에 거의 오지 않는다. 가족이 오면 스태프들이 더 신경 써주는 것이 미안하다고, 기껏해야 잠시 들러 전복죽만 놓고 가곤 했다. 그런데 어느 날 공연장 객석에 엄마가 있었다.

"아, 오늘 저희 엄마가 오셨어요. 〈마더〉 부르겠습니다."

그리고 그날 이후 한 번도 〈마더〉를 부르지 않았다.

곁에 있어도 늘 그리운 이름, 엄마.

어쩌면 엄마는 거친 세상에서 남자들과 겨루며 살아야 했기에 젊은 날 다정다감했던 여성성을 일부러 고사시켰는지도 모른다.

엄마는 통이 크고 기세가 당당했다. 모든 일에 거침없었고, 수시로 머리끝에서 발끝까지 매무시를 살피며 스스로에게 조금의 허점도 허용하지 않았다. 다른 사람들에겐 산들바람 같으면서도 자식에겐 서릿발 같은 준엄함으로, 자식들이 저마다의 힘으로 세상에 자리매김하길 원했다. 나는 체 게바라의 "무릎을 꿇고 사느니 서서 죽겠다"라는 말을 좋아한다. 이런 성정은 아마 엄마의 그 강직함과 기개에서 비롯되었을 것이다.

내게는 거짓말에 대한 트라우마가 있다.

어렸을 때 나는 꿀을 정말 좋아했다. 그러던 어느 날 엄마가 갖다놓은 꿀을 몰래몰래 먹다 보니 눈에 띄게 꿀이 줄어버렸다. 고심 끝에 꿀단지에 설탕을 채워놓고 모른 척했다. 누가 봐도 단번에 알아챌 수 있게 해놓고는 완전범죄를 꿈꾸며 흐뭇해했던 것이다. 그러나 금세 들통이 나고 말았다.

"꿀 누가 먹었니?"

나는 일하는 아줌마들 틈에서 꿀 먹은 벙어리가 되어 눈치만 보았다. 지금 생각해보면 정직하게 실토하면 간단히 훈방 조치(?)가 될 일이었지만 겁이 나서 우물쭈물했다.

"누가 먹었냐니까?"

엄마 목소리가 한 옥타브 올라갔다. 예나 지금이나 화를 돋우는 건 정작 벌어진 일보다는 정정당당하지 못한 자세 때문이다. 얼른 "제가 먹었어요" 하고 털어놓고 싶었으나 그러지 못했다.

"꿀 누가 먹었냐니까?"

구원의 기회는 사라졌다. 너무 많이 와버렸다. 진실을 말할 타이밍을 놓치고 만 것이다. 이제 죽었다는 생각밖에 ⋯. 이미 꿀을 누가 먹었는지는 중요하지 않았다. 꿀과 설탕 사이에서, 정직과 거짓 사이에서 나는 완전히 발목을 잡혔다. 그때 할 수 있는 건 오직 이런 기도뿐이었다.

'아줌마들, 제발 의리를 지켜주세요.'

하지만 그 기도가 헛되어 가장 믿었던 아줌마가 천천히 집게손가락으로 나를 가리켰다.

'으악…!'

그날 엄마에게 야단을 맞았는데 두려움보다는 부끄러움이 더 컸다. 엄마와 주변 사람들, 특히 나 자신에게 무척 부끄러웠다. 그냥 솔직하게 말했으면 됐을 텐데.

그다음부터 무슨 일이 있으면 전후 사정 볼 것 없이 신속하고 짧게 이야기하는 습관이 생겼다. 고등학교 때는 단체로 추궁당하는 분위기가 싫어서 하지 않은 일도 "제가 했습니다"라고 말하곤 했다. 변명하지 않았다. 선처의 기회가 주어진대도 길게 말하고 싶지 않았다. 마음에 추호의 거리낌이라도 있으면 하지 않은 일도 내가 한 것처럼 스스로를 꾸짖었다. 그것은 소위 공인이 된 지금도 유효하다. 살아보면 안다. 순간은 힘들지 몰라도 그편이 훨씬 개운하고 후회가 없다는 것을.

그때 혼나면서 했던 생각이 기억난다.

'아, 설탕을 녹여서 부었어야 하는 건데….'

이미지 관리

이미지 관리란 자신을 좋게 포장하는 기술을 말한다. 나에게 이미지 관리란 좀 다른 의미다. 못나면 못난 대로, 부족하면 부족한 대로, 있는 그대로를 온전히 다 보여주는 것이 나의 이미지 관리다.

그래서 비난을 받는다 해도 그건 지극히 당연한 일이라고 생각한다. 내가 부족한 사람이니 어쩔 수 없다. 그런데도 내 편이 되어준다면 그건 더할 나위 없이 고마운 일이다.

결국 이미지란 관리할 필요가 없는 것 같다. 그저 있는 그대로.

포기하느니
분노하라

/

자리가 사람을 만든다는 말이 있다. 자해를 일삼고 멋대로 살던 내가 어느새 타인을 먼저 생각하고 배려하게 된 건 다름 아닌 그 타인! 사람들의 무한한 애정 덕분이다. 사람들이 여전히 지지해주고 좋아해주니 '아, 내가 정말 이런 사랑을 받을 만한 사람인가? 내가 이런 칭찬을 들을 자격이 있나?' 하고 자꾸 돌아보게 되었다. 그리고 그때마다 숨길 수 없을 정도로 얼굴이 붉어지고 고개가 숙여졌다.

어떤 경우에도 난 나를 낮추고, 더 사랑하고, 더 베풀고, 불평불만보다는 대안을 제시하는 사람이 되기 위해 노력한다. 적어도 그런 칭찬과 응원이 부끄러운 사람은 되지 말아야겠다고 생각한다. 그렇게 받은 사랑으로 얻은 인기라면, 그것을 지키기 위해 점잔을 빼는 것이 아니라 오히려 사회의 부조리에 맞서 싸워 주의를 환기하고, 조금이나마 살기 좋은 세상으로 변화시키려 노력함으로써 사랑에 보답하려고 한다.

가끔 선배들이 말한다. 이제 너도 공인이니까 자중 좀 하라고. 그러면 난 대답한다.

"공인이라서 싸우는 겁니다."

예를 들어 누가 나한테 '갑질'을 하면 나는 싸운다. 그래도 제법 유명하다는 내게 이 정도면 힘없고 소외된 일반인들에게는 오죽할까 하는 생각이 들어서다. 그런 사람한테는 한번 세게 붙어서 트라우마를 만들어놓는다. 혹시라도 나중에 다른 사람한테 갑질을 하려다가 '아, 이러다가 김장훈한테 된통 당했지' 하는 트라우마 때문에 조금이나마 행동을 조심하지 않을까 하는 소망 때문이다.

나는 사회에 만연한 '갑질'과 부조리함이 부각되기를 원한다. 그래서 사람들이 한 번 더 생각해보고 조금이라도 행동을 조심하길 바란다. 내 이미지 관리를 위해 좋은 게 좋은 거라고 그냥 넘어가는 건 공인으로서 오히려 팬들 앞에 태만의 죄를 짓는 거라고 생각한다.

공인이기 때문에 뭘 하든 일이 커진다. 모난 돌이 정 맞는다고, 일을 키우면 반드시 반대급부가 있다. 나, 김장훈이라는 사람은 나눔과 독도 사랑으로 다수의 지지층이 형성되어 있는데, 그런 사람들이 내게 등을 돌릴 수 있다는 걸 알면서도 세상의 부조리에 맞서 싸우는 건 나의 오래된 직업관에서 비롯되었다.

대개 사람이 나이 들고 한 가지 일을 오래 하다 보면 모난 성격도 둥글둥글해지기 마련이다. 그게 연륜에 따른 편안함과 여유라고 할 수도 있지만 나는 일종의 타협으로 본다. 그 고통을 이겨낼 열정과 체력이 안 되니까 만사 귀찮아하고 나만 편하려고 한다. 문제에 뛰어들어 몸이 힘들고 욕을 먹는 게 싫다. 그냥 스리슬쩍 눈감고 지나치면 일상이 안온한데, 구태여 일상을 흔들고 싶지 않은 것이다.

나는 그런 타협을 거부하며 그렇게 살지 않으려고 노력한다. 나이를 먹을수록 오히려 삶에 대한 투지와 열정이 되살아난다. 오래 살았다는 건 거꾸로 살날이 얼마 남지 않았다는 이야기도 된다. 그렇다면 살날도 얼마 안 남았는데 뭐가 두려워서 뒤로 물러난단 말인가. 오히려 싸울 날이 얼마 안 남았으니 사랑받은 만큼 지겹도록 싸워야 마땅하다. 싸워서 조금이라도 세상이 바뀔 수 있다면 몸을 사려서는 안 된다. 나는 공인이니까! 조그만 문제도 공론화해서 토론하고 서로 부딪치며 합의를 이끌어내야 한다. 그래야 세상이 더 살기 좋은 곳으로 변할 테니까. 바로 그것이 앞으로 내가 갈 길이다.

어떤 일이 닥치면 난 항상 5년 뒤를 생각한다. 이걸 안 하고 돌아선다면 5년 뒤의 나는 지금의 나를 어떻게 회상할까? 세월을 돌이킬 수는 없다. 뒤돌아보면서 내가 뭐가 아쉽다고 그 길을 피해 돌아왔을까, 어차피 인생 하룻밤인데 내가 어쩌자고 그 일을 외면했을까 후회한다면, 그때 나 자신에게 느낄 수치스러움이 더 불편할까, 아니면 지금 침묵함으로써 겪는 고초가 더 불편할까? 나는 5년 뒤, 뒤돌아서 얼굴이 부끄러워지는 건 생각만 해도 참을 수가 없다. 그래서 나는 내가 할 수 있는 모든 일에 나선다. 그냥 아무 생각 없이 돌출 행동으로 '확 질러버리는' 것이 아니라 5년 뒤, 또 죽음을 눈앞에 두고 돌이켜보았을 때까지를 다 생각하고 나서는 것이다. 그러기에 내가 하는 일에 후회는 없다. 어쩔 수 없이 내게 닥치는 부당함도 피해라고 생각하지 않는다.

한번은 청년들 모임에 간 적이 있는데 슬로건이 "청년을 버린 나라에 미래는 없다"였다. 마음이 착잡했다. 그들의 마음을 모르는 바 아니지만, 그렇게 자신들을 버려진 존재로 인식하는 청년들이 안타까웠다.

"슬로건이 좋긴 한데, 그럼 너희는 버려진 걸 인정하는 거야? 누가 버린다고 너희가 버려질 존재야? 버리긴 누가 누굴 버려? 버리는 건 자기 자신만 할 수 있어. 이런 슬로건을 내건다는 건 너희 자신을 스스로 버린 거나 다름이 없어. 나? 형? 세월호 때문에 지금 방송 출연에도 여러 가지 외압이 오고 시련을 겪고 있어. 그래서 너희들 마음도 충분히 이해해. 하지만 난 그걸 외압이라고 인정하지 않아. 시련이라고 생

/ "이성적이고 지혜로운 분노가 무엇인지
치열하게 고민해보자.
주저앉지 말고 함께 극복해보는 거야."

각 안 해. 외압이라는 단어 자체를 입에 담지 않아. 내가 인정 안 하면 그뿐이야. 그런 게 오면 대학생인 나한테 초등학생이 유치하게 까부는 느낌이야. 그러면 '저리 가, 인마' 하고 소리치면 그뿐이야. 하나도 안 불편해. 방송 안 하고도 살 수 있어. 제발 자기를 스스로 버리지 마.

슬로건을 저렇게 할 바에는 차라리 "청년은 버린다고 버려질 존재가 아니다"라고 하는 게 낫겠어. 청년은 물론이고 모든 인간은 누가 버린다고 해서 버려지는 존재가 아니야. 버려지지 마. 저렇게 쓰면 버려졌다고 인정하는 거야. 그 프레임 안에 들어가지 마. 그런 프레임 자체가 성립될 수 없어. 왜? 그들은 청년을 버릴 자격이 없는 사람들이야. 버리고 말고 할 권한이 없어. 포기하느니 분노해. 버려지지 말고 분노하라고! 무능한 정치인들 때문에 무기력해질 수밖에 없는 최악의 시절이긴 하지만, 그렇다고 포기하고 버려지는 걸 당연시하기에는 너무 억울하지 않아? 이성적이고 지혜로운 분노가 무엇인지 치열하게 고민해보자. 주저앉지 말고 함께 극복해보는 거야."

두려움 없이 올곧게 나아가는 길, 포기하지 않고 지혜롭게 분노하는 그 길 위에서 언제나 나는 청년들과 함께할 것이다.

꿈

/

가치와 소신이 뚜렷하면 세상에 두려울 게 없다. 두려움이 없다는 건 둘 중 하나다. 아예 모르거나, 다 알거나. 그래서 난 어정뜬 상태를 거부한다. 어정뜨면 두렵기 때문이다.

가끔 사람들이 묻는다.

"김장훈 씨, 안 지치세요? 괜찮아요?"

솔직하게 대답한다.

"많이 지쳤어요."

센 척하는 것보다는 나도 힘들어하고 지치는 인간이라고 인정하는 편이 사람들한테도 도움이 될 듯하다. '김장훈이라는 인간은 열정적이고 항상 가열차게 사는 거 같은데, 저 사람도 지치는구나. 나만 힘든 게 아니구나'라고 생각할 수 있도록.

"그럼 왜 하세요? 지쳤는데…?"

"지금 멈추면 주저앉을 것 같아서요. 그래서 계속 걸어가는 거예요. 이제 나이가 있고 지쳤는데 여기서 멈추잖아요? 그러면 앉고 싶을 거 같아요. 그다음엔 눕겠죠. 그러면 그다음엔 못 일어날 거예요. 그래서 힘들지만 비틀거리면서도 계속 걸어갑니다. 벼랑 끝에 나를 내몰고 생각은 그다음에 합니다. 일단은 가는 게 중요해요.

이젠 동력이 많이 안 남아서 쉬다 다시 일어서기엔 역부족이에요. 지금 계속 걸어가면 관성의 힘으로 더 갈 수 있으니 멈추면 안 돼요. 금방 노년이 될 테고, 또 금세 떠날 날이 오겠죠. 아마도 노래하는 순간은 더 짧을 테고, 많은 사람들에게 사랑받는 가수로 살아가는 건 그보다 짧을 수도 있어요. 살아온 날보다 살아갈 날들이 적어지면서 세상을 떠나는 마지막 순간의 내 마음을 자주 그려봅니다. 그때 가장 두려운 건 이번 세상에 대한 후회예요. '이렇게 떠날 걸 왜 그랬지? 더 잘 살 수 있었을 텐데. 부자든 가난하든 죽는 순간 한 줌 재가 되는 건 똑같은데….' 그러므로 다 내려놓고, 이곳에 왔을 때 모습 그대로 다시 떠나는 겁니다. 마지막 순간을 두려워한다면 현재는 당연히 바뀌게 되어 있어요. 물질이냐 꿈이냐, 현실이냐 낭만이냐, 실리냐 의리냐, 이런 여러 가지 유혹에 빠질 때마다 마지막 순간을 생각하면 판단이 바뀝니다. 저는 항상 마지막을 생각해요. 그리고 꿈을 꿉니다. 제 꿈은 잘 죽는 겁니다."

"잘 죽는 게 꿈이라고요?"

"네…. 사람들이 가끔 물어요. '김장훈 씨는 왜 그렇게 사세요? 그런 삶의 근원이 무엇인가요?' 그러면 난 '잘 죽기 위해서요'라고, 상대방이 다소 이해하기 어려운 답을 던집니다. 잘 죽는 것! 그것이 내 삶을 이렇게 끌고 왔으며 앞으로도 그렇게 끌고 갈 겁니다. 나는 오늘 태어납니다. 그리고 밤에 죽습니다. 그리고 내일이 오늘이 되면 또 태어납니다. 그리고 또 밤에 죽습니다. 그러다 보면 어느 날엔가는 아침이 오지 않을 거예요. 극단적 허무주의 같지만 그래서 전 열심히 삽니다. 오늘만 살려고 노력합니다. 죽을 때 가져가고 싶은 딱 한 가지는 '이번 세상 후회 없음!'이라는 여덟 글자예요. 쪽팔리기 싫어서요."

언젠가 아는 기자 동생이 술에 취해 전화를 했다.

"형~! 지금 죽어도 형은 여한이 없어."

"뭐?"

"장훈이 형은 진짜 내가 아는 사람 중에 제일 원 없이 치열하게 살아온 사람이야. 그래서… 술 먹다가 생각났어. 그 말을 해주고 싶어서. 형은 지금 죽어도 여한이 없을 사람이야. 잘 살아왔어. 멋있게 잘…!"

욕(?)을 한 바가지 해주고 전화를 끊었다. 나쁜 자식, 그렇게 멋진 말을 술에 취해서 하다니…!

광대

광대가 되고 싶다고 했을 때 사람들은 이렇게 생각했으리라.

'아… 웃기는 사람이 되고 싶은가 보다…'

그러나 인생의 벼랑 끝에 한 번이라도 내몰려본 사람이면 알 수 있으리라.

인생의 벼랑 끝에서 안간힘을 써서라도 웃을 수 있다면 그 벼랑이 교훈이 되

다는 것을….

나에게 광대의 의미는 웃음이 아니라 지혜다.

내가 노래를 통해 눈물을 주고 싶다고 했을 때 사람들은 또 그렇게 생각했으

리라.

'아… 슬픔이 깊나 보다…'

그러나 슬픔과 절망의 바닥 끝까지 자신을 몰아가 머리를 처박아본 사람

알 수 있으리라. 그 뒤에 따라오는 알 수 없는 희망을….

나에게 눈물의 의미는 슬픔이 아닌 정화이며 역설적인 웃음이다.

인생은 그런 것!

눈물과 웃음의 경이로운 조화.

나는,

그 교묘한 중간에서 위태위태 줄을 타는

광대로 살아갈 뿐이다.

가족

/

나도 사랑을 하고 싶다. 여자들은 사랑한다고 말해주는 다정한 사람을 원했다. 그런데 나는 그런 표현에 서툴다. 어쩌면 사랑이란 없는 마음도 저절로 자라나게 해서 스스로를 변화시키고, 그 사랑을 속삭이지 않고는 못 배기게 만드는 건지도 모른다. 그렇다면 난 아직 그런 사람을 만나지 못했을지도 모른다.

내가 생각하는 사랑이란 하고 싶은 일은 하지 못하게 만들고, 하고 싶지 않은 일도 하게 만드는 것. 그 정도는 되어야 사랑이지 않을까 싶다. 지금은 가족만이 나를 이렇게 움직인다. 너무 사랑하니까 하고 싶은 일도 참게 되고, 하고 싶지 않은 일도 묵묵히 감당하게 된다. 그렇다고 해서 구차하지도 않다. 가족이 행복한 걸 보면 나도 행복하니까.

예전의 나는 하고 싶은 일은 무조건 했으며, 하기 싫은 일은 절대로 하지 않았다. 아무것도 눈에 보이지 않고, 손에 잡히지 않던 시절이었다. 열일곱 나이에 세상에 뛰어들어 바닥을 기고 진흙탕에 빠지며 가시밭길을 걸었다. 누구의 아픔도, 비명도 들리지 않았고 내게 그어진 상처만을 핥았다. 나 하나 지탱하기도 힘든 시간이었다. 그러나 난 살아냈다. 그러던 어느 날 늙어가는 엄마가 보였고, 그늘져가는 누이들이 눈에 들어왔다.

눈이 먼 사랑이 있다. 엄마와 누나들은 나를 보려 하지 않았다. 들으려 하지도 않았다. 왜? 어떤 경우든 나를 믿고 사랑했으므로 볼 필요도, 들을 필요도 없었다. 거친 세상에 부딪쳐도 깨지지 않고 살아서 돌아올 것을 의심하지 않았으므로.

엄마는 알고 있었을까? 잘 가다가도 엄마가 뒤에 있는 걸 알면 주춤주춤 뒤돌아보다 걸음이 늦어진다는 걸. 때론 고개 돌리고 걷다 넘어지기도 한다는 걸. 그래서 엄마는 부지런히 제 길을 가라고, 뒤돌아보지 말고 힘차게 가라고, 내 뒤에 서 있지 않았던 걸까? 혼자 잘 걸어갈지 걱정되어 산 같은 걱정을 하고 눈물을 훔치면서도 결코 자식 뒤에 서지 않으리라 다짐한 걸까?

엄마는 나를 늘 혼자 걷게 했다. 함께 간다 해도 항상 앞장서서 걸었다. 엄마의 길은 좁고 곧았다. 내가 그 길을 곧장 따라가건, 돌아서 가건 엄마는 묵묵히 앞길을 걸었다. 엄마는 어디까지나 엄마의 몫을 다했고, 내 몫은 고스란히 내 것으로 남겨두었다. 그리고 엄마는 기다렸다. 내가 보일락 말락 해서야 걸음을 멈추고 숨을 고르며 내가 오기를 기다렸다. 그리고 믿었다. 돌아오든 곧게 오든, 아들이 그곳으로 오리라 믿어주셨다. 그리고 나는 돌아왔다.

시간이 지날수록 가족에 대한 사랑이 점점 더 강렬해진다.

나는 가족이 좋다. 그리고 내가 좋아하는 '가족'이란 이름의 사람들도 많아졌다.

생각해보면 피를 나누어야만 가족은 아니다. "낳은 정보다 기른 정"이란 말이 있듯이 피를 나누지 않아도 몇십 년을 동고동락한 밴드, 친구들도 모두 가족이다. 난 그들을 사랑한다. 그리고 엄마와 누나들에게 그랬듯 그들에게도 헤아릴 수 없을 정도로 고맙고 미안하다.

영화 〈흐르는 강물처럼〉에서 폴의 아버지 맥클레인 목사는 말한다. 우리는 누군가를 완전히 이해할 순 없어도 온전히 사랑할 순 있다고.

그 누군가가 바로 나였고 바로 당신들일 수도 있다.

때때로 새하얀 모시 적삼을 입고 이제 막 바둑판에 한 수 놓으려는 아버지의 사진이 기억난다. 어느 해인가 물난리로 이제 사진조차 남지 않은 희미한 기억의 사내. 그때 아버지는 그 한 수를 어디다 놓으려 했을까? 이제 나는 그 기억 속 아버지보다 나이 많은 아들이 되어 세상에 돌 하나를 막 놓으려 한다. 그 최선의 한 수를.

노래만 불렀지 /

작사 · 작곡 김장훈

I Remember Day

내 인생은 마치 제비꽃

수많은 시련들이

필름처럼 스쳐 지나가고

낭만이여 안녕

언젠가 다시 만날 날을 믿어줘

우리가 울고 웃던 희망이란 단어

가슴속에 깊이 간직해줘

내게 다시 삶의 이유를 말해줬던

한 소녀의 진심 어린 편지처럼

갓 스무 살이 되던 해엔

모든 게 미워 죽고도 싶었지만

어느덧 서른 살이 되던 해엔

살고 싶었어 나와 내 가족들을 위해서

앞만 보고 달려왔던 40대

평화를 찾았었다 믿었네

하지만 거울 속 야윈 내 모습

꿈을 꾸고 싶었어 다시 한 번쯤

가끔은 난 웃고 있는 광대가 되고파

날 바라봐주는 널 웃게 하고파

안 넘어지려고 발버둥치는

내 마음을 혹시라도 니가 알까 봐

어릴 적 병원에서 지냈던 3년

창문틀 너머로 세상을 바라보면

모두가 행복한데 하필이면 왜

나만 홀로 이렇게 외로운 걸까

그때부터 부서진 날개로라도

새들처럼 하늘을 날고 싶었어

땅으로 떨어져도 다시 일어나

한 번 더 날갯짓을 해봤지만

어느 날부턴가 난 매일 밤

내 꿈을 위해서 노랠 불렀지

어쩌면 어린 날에 꿈꿨었던

하늘을 날고 있어 무대 위에서

지금

하루에도 난 몇 번씩

희극과 비극 사이를 맴돌았지

내 삶은 아슬아슬한 줄타기

마치 바람에 흔들리는 촛불 같지

어쩌면 아픔으로 느껴질 수도 있지만

난 괜찮아 걱정들 하지 마

아픔이 끝이 아니란 걸 아니까

이건 또 다른 나의 여정이니까

걷다 보면 수많은 상처들

어디에도 없어 내가 찾는 답은

시간이 흘러가면 이 모든 일들을

웃으면서 말할 날이 오겠지

그때까지 설레임이란 감정은

내게 되물어 삶의 또 다른 이유를

잊고 있었던 꿈들 그 의미를

이 노래처럼 한 번쯤 뒤돌아보기를

— 10집 앨범 《adieu》 수록

○

쓰레기 더미에서도
혁명은 피어난다

나는 늘 내 안의 혁명을 꿈꾸고 살아왔다.

혁명이란 그리 거창한 게 아니었다. 혁명이란 사소함에서 시작되는 것이라고 생각한다. 혁명이 필요하다면 지금이 좋지 않은 상태라는 것을 말해준다.

아프리카 케냐에 갔을 때 쓰레기를 주워 먹거나 팔아서 생계를 유지하는 여덟 살 난 꼬마 사이몬과 친구가 되었다. 함께 쓰레기를 먹고, 함께 쓰레기 더미 위에서 잠을 자고, 그렇게 우리는 행복하게 쓰레기장을 누볐다. 국적·인종·피부색·나이, 모든 것을 초월해 우린 친구가 되었다. 아이에게나 나에게나 그건 혁명이었으리라. 혁명이 가능했던 건 쓰레기장이라는 밑바닥 환경 덕분이었다.

나는 꽃을 좋아한다.

심지어 꽃집을 운영한 적도 있다.

지금도 난 꽃을 키운다.

그 꽃은 혁명이라는 꽃이다.

촛불집회, 세월호

그건 선동이 아니라 혁명이다.

불의에 항거한 혁명.

자기 안의 혁명.

혁명은 피어나는 것이 아니라 가꾸어서 일구어내는 것이다.

열심히 가꾸어서 피게 하는 것.

피어나게 하는 것.

어찌 보면 그 꿈을 이뤘는지도 모르겠다.

끝으로 난 선동가를 꿈꾸지 않는다. 먼저 자기 안의 혁명을 이뤄내야
한다고 생각한다. 그리고 그 한 사람의 혁명이 5천만 개가 되었을 때,
그때가 가장 아름다운 형태가 아닐까 꿈꾸어본다.